櫻花莊的寵物女孩 8

鴨志田一
Hajime Kamoshida

插畫●溝口ケージ
illustration●Keji Mizoguchi

CONTENTS

第一章 也許是會錯意——11
第二章 愛慕之心向北而去——99
第三章 兩種情愫——197
第四章 想傳達這份心意——289

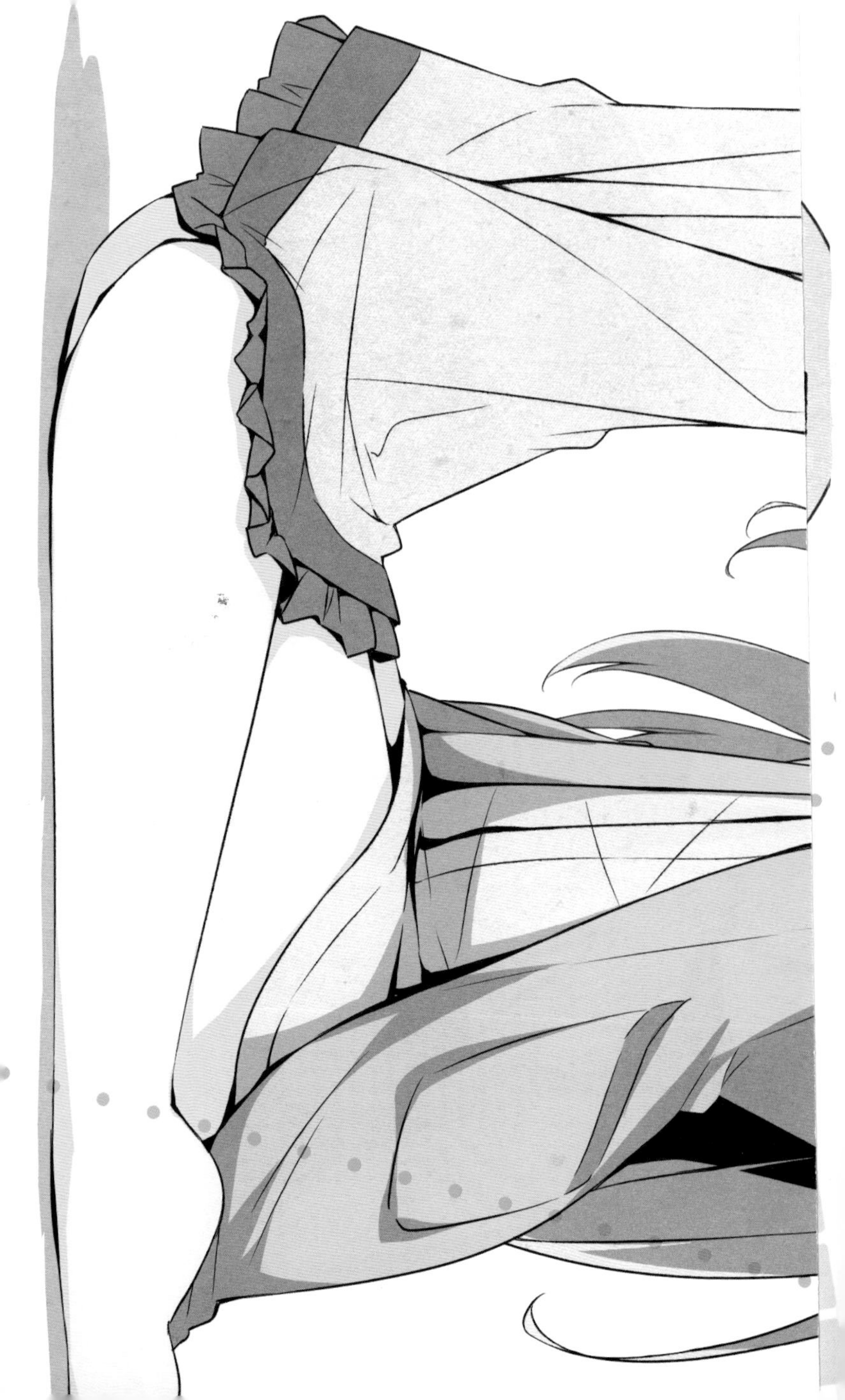

Nanami Aoyama

櫻花莊的寵物女孩 8

Kadokawa Fantastic Novels

在某人的笑容另一頭，一定有某人正在哭泣。
已實現及未能實現的願望。
已傳達及未能傳達的心意。
夏季的甲子園、高中入學測驗，還有甄選與提報都一樣。
然後，在春季將盡時我才知道，戀愛也是相同的。
是她們讓我了解了這一點……

櫻花莊的寵物女孩

第一章
也許是會錯意

1

「我喜歡空太。」

「……」

「即使空太喜歡七海，我還是喜歡空太。」

被夕陽染紅的美術教室。

五月三日，三連休的第一天，同時是憲法紀念日。

因為不用上課，校內靜悄悄的。僅偶爾傳來遠處棒球社的吆喝聲，還有金屬球棒擊中球的尖銳聲響。

不過，就連這些也沒傳進神田空太耳裡。

因為空太的意識、感覺，還有情緒等，全都被眼前告白的少女──椎名真白連根拔起了。

真白以清澈透亮的眼眸，筆直注視著空太。

雪白的肌膚；纖細的身軀；彷彿一觸碰就會破碎的虛幻存在。這樣的真白現在渾身散發出溫柔安穩的氣息，溫暖傳到了空太身上。

「我、我……」

彷彿夢囈般脫口而出的聲音微微顫抖著。不，不光是聲音，連膝蓋都抖個不停。

空太察覺到自己這樣的狀態，在心中嘲笑自己。真是窩囊難看啊。

如此想著，心情也自然有了轉變，稍微得以恢復平常心。

「空太。」

即使如此，畢竟才剛被告白，光是被呼喚名字，胸口就幾乎要炸開來了。

「什、什麼事？」

「剛剛的不是。」

「……不是什麼？」

空太謹慎地反問。

「跟喜歡年輪蛋糕是不一樣的喜歡。」

真白流露出緊張的氣氛。大概是真的擔心被誤會，她一臉認真地傾訴著。

「這、這點我當然知道啦！」

空太為了掩蓋心跳聲，聲音自然變大了起來。

「真的知道嗎？」

「嗯。」

「我說的是……」

真白說到一半停頓下來，微微低下目光。她的臉頰泛紅，並不是夕陽照射的關係，是從體內隱約透出朱紅……

「……」

空太輕輕深呼吸，等待真白繼續說下去。除此之外，現在也沒其他事可做。

他與慢慢將視線上移的真白目光對上。

「是想成為空太女朋友的意思。」

不過，真白立刻又把視線從空太身上移開。

與真白在同一間宿舍生活已經超過一年，擔任照顧她的工作，幾乎可以說經常都在她身邊，熟知她的各種表情與動作。然而，現在空太眼前的真白完全不是他所熟悉的那個真白。不管從哪個角度怎麼看，真白臉上都是戀愛中的女孩會有的表情。要是看到這種模樣，理性瞬間就會消失無蹤。

「沒、沒問題啦！我知道！」

空太完全控制不住，發出比剛才更大的聲音。大概是受到驚嚇，真白彷彿遇到天敵的小動物般縮起身子。

「抱、抱歉！突然這麼大聲……那、那個……我真的知道啦……」

空太自覺自己正變得越來越難看。相反的，在他的視野中，真白卻顯得越來越可愛。

「這樣啊。那就好。」

她露出突然鬆了一口氣的安心表情，沉穩的心情讓嘴角勾勒出微笑。

「我好歹也知道這一點啦。」

「因為我是第一次這樣……」

「……」

「所以不知道這樣是不是恰當……」

真白鬧彆扭辯解般背對空太。一眼就看得出她很難為情，這也是空太從來沒看過的表情。

「欸，空太。」

「什、什麼事啊？」

這次好不容易壓抑住音量。光是講一句話就快速消耗體力。

「空太喜歡誰？」

真白依然背對空太。如果面對面就很難問出口——空太感受到了這樣的不安。

「我……」

空太被如此誘導，於是開口了。

但是在下一個瞬間，美術教室的門被猛然打開，空太便把幾乎要說出口的話吞了回去。

「今天已經要關門了，你們趕快回家吧。」

說出這番話的是空太和真白十分熟悉的美術老師千石千尋。她住在聚集問題學生的宿舍——櫻花莊並擔任舍監，二十九歲又二十八個月。她也該承認自己已經三十一歲了。

千尋魯莽地快步走進美術教室。

「快點走吧。」

甚至還拍手催促。

目瞪口呆的空太終於清醒過來，收拾後便與真白一起離開教室。

空太在鞋櫃前換好鞋子，帶著真白走出校舍。

總之先到校門口。

「……」

「……」

緩步行走的兩人之間沒有對話。

況且，真白並沒有跟空太並肩而行。她保持三、四公尺的距離，小步伐跟在後面。

空太停下腳步，她就跟著停下腳步；空太走得快一點，她便小跑步跟上。

視線始終銳利地刺著空太的背。這實在叫人很難不去在意。

空太很清楚真白的意圖。她是希望自己回答剛才的問題吧。

——空太喜歡誰？

不過一旦錯失時機，空太便喪失了說出口的機會。不，更重要的是，空太越來越不清楚當時自己想怎麼回答。

是想說喜歡真白嗎？或是想告訴她其他想法呢？錯過了那一瞬間，雖然是自己的答案卻已回想不起來。

真白倒也沒明確追問。

如果是平常，她一定會毫不在意空太的心情，一直追究到自己能接受為止。然而，今天的真白似乎很內斂低調。

因此，這又演變成新的緊張感，束縛空太的身體。

無可奈何下只能默默走向校門口。

「啊。」

這時察覺到什麼的真白發出聲音。

「怎麼了？忘了拿什麼東西嗎？」

空太問著回過頭去。真白手指著的不是空太，而是他背後……校門的方向。空太好奇是什麼事，再度轉過身去。

「啊。」

看見某人的瞬間，空太口中也發出同樣的聲音。

心臟撲通撲通激烈跳動，鼓動變得劇烈快速。脈搏也跳動得近乎疼痛，震動幾乎傳遍全身。

在校門口的是一位十分熟悉的人物──空太的同班同學，同時也住在櫻花莊２０３號室──青山七海。她正要從連接大學校地的花圃方向走過來。

應該是剛結束三鷹美咲──三月時從水高畢業的前三年級生，現在就讀水明藝術大學影像學系，舊姓為上井草──製作的動畫聲優甄選會，正要從大學錄音室回來吧。

如果是昨天之前，還能輕鬆向她打招呼。反正回去的地方同樣是櫻花莊，一起走就好了。然而，空太沒能立刻叫喚她的名字。

──人家亂喜歡神田同學的。

就在真白告白之前……正要前往甄選會的七海，也向空太表明了心意。

在那之後，時鐘的指針不過走了一個半小時左右。

現在這種真白也在一起的狀況下，究竟該以什麼樣的表情見她呢？

往校門前進的腳步，在看到七海的身影後便停頓下來。

不過，這樣說不定反而更糟。不自然的氣氛似乎流露出來，七海將臉轉向空太與真白的方向。她瞬間露出嚇一跳的樣子，渾身抖了一下。

目光也確實對上了。

「……」

「……」

空太與七海都沒開口說話。

相距約十公尺，沉默的對看持續了好一陣子。

既然目的地同樣是櫻花莊，不在這裡會合而各自回家也顯得不自然。不清楚七海是否也是同樣的想法，即便幾秒後彼此都別開視線，卻也像是死心一般逐漸縮短距離。

只是並沒有靠近到身旁，彼此隔著微妙的距離。就在距離三、四公尺前，七海停下腳步。而真白也與空太保持差不多的距離。

因此空太、真白與七海的位置關係，三人各自成了正三角形的頂點。

對空太而言，這簡直就是別具深意的位置。

要是現在保持沉默，結果絕對會變成什麼也說不出口。空太如此想著便先開口：

「啊，青山，甄選結束了啊？」

不自然的氣氛；生硬的笑容。

「嗯、嗯。」

「怎、怎麼樣了？」

拚了命壓抑幾乎要變調的聲音。

「我覺得剛剛已經盡全力了。」

七海也是，看著莫名其妙的方向回答。

「都、都是託神田同學的福……那個……謝、謝謝你。」

「沒、沒有啦，不過是青山很努力罷了。」

「這、這樣啊。」

沒辦法正視七海。

不小心與剛跟自己告白的對象碰個正著，一般人都會以什麼樣的表情說什麼樣的話呢？

至今的人生，從來沒有人教過自己這些事。

不過，空太這樣的煩惱以意外的形式解決了。

「真、真白的作業今天結束了啊？」

「啊，嗯嗯。因為椎名的畫已經完成了。」

只是不經意的回應，卻讓七海的態度完全改變。

幾秒鐘前還靜不下來的氣氛已經消失，取而代之的是七海清爽的表情。

真白只是注視著空太與七海。

「青山？」

空太感到疑惑而出聲叫她。

「這樣啊，畫已經完成了啊。」

七海彷彿說給自己聽似的喃喃說著。

「畫完成所代表的意義……就連我也很清楚。」

她臉上是有些困擾的笑容，中途目光便轉向真白。

比起言語或表情，真白的畫更能表現出她的感情。這就是在懂事前就開始持續畫畫的天才畫家——椎名真白的畫作。

「這樣啊……」

空太以曖昧的表情回應，已經是極限了。不知是在笑、困擾、不知所措、泫然欲泣還是認真以對……這些全都混在一起。

「……」

「……」

空太與七海陷入深深的沉默。

彼此都不知道該怎麼接話。

因此，點燃導火線的真白，也許正是必然的。

「七海。」

真白率直地凝視七海。她只注視著七海，彷彿現在這一瞬間，在這個地點也忘了空太的存在……也許是真的忘了。因為空太表示「妳打算說什麼？」的強烈視線，真白始終沒有察覺。

「什麼事？」

七海以緊張的聲音回應。

聽到她的回答，真白再度張開雙唇。

「我喜歡空太。」

因為眼前的光景與對話，空太的心被緊緊揪住。他無意識咬著唇忍耐著。也許是為了斥責想逃脫的自己，所以身體擅自動了起來。

「嗯。」

七海微微低垂雙眼，柔和地接收了真白的話。

「只是這樣。」

「我知道了。」

七海點點頭，深呼吸了一下。接著出聲叫喚：

「真白。」

「什麼事？」

「人家啊，喜歡神田同學。」

「嗯。」

這次則是真白點點頭。

「我想說的只有這個。」

「我知道了。」

以時間而言，大約是十秒。然而，對於身為當事者的空太來說，感覺就像永遠那麼長。彷彿有人要壓碎自己全身，心臟被一雙大手緊緊掐住。止不住的冷汗；脈搏紊亂；口中乾渴不已。甚至忘了呼吸，空太只是不發一語。因為沒有自己插話的餘地，就算有也不知該說什麼。

只是，事實上也不能一直保持沉默。

就像串通好似的，真白與七海的視線同時轉向空太，眼眸深處傾訴著某些訊息。空太很清楚她們是想要答案。

「……」

「……」

「……」

在短暫的沉默中三人交錯的情感；緊繃的氣氛；不斷攀升的緊張感；拒絕外人介入的寂靜。這裡是只屬於這三人的世界，能使其終結的只有空太。

就在空太產生這樣的自覺時——

傳來傾訴著不安的聲音……

似乎不是自己多心，就連真白與七海也發出「嗯？」的聲音。

仔細傾聽，再度傳來了聲音。是動物的叫聲。

大概是貓，而且還是小貓。

三人循著叫聲穿過校門，接著就在旁邊刻著「水明藝術大學附屬高等學校」的石柱下，發現了橘子紙箱。

以空太被夾在中間的排列方式，三人同時探頭看。裡頭有三隻小貓──黑白貓、黑白鯖魚虎斑，最後是純白色的。小貓發現空太等人便抬起臉來，圓滾滾的眼珠似乎想說些什麼。

「好久沒有這種感覺了……」

與被丟棄的小貓相遇，已經是一年級冬天的事了。最後撿到的貓是朝日。

空太發出「喲」的吆喝聲抱起紙箱。

真白不可思議似的看著小貓，七海則稍微露出傻眼的表情。不過，兩人都沒說什麼。

應該已經很清楚空太打算怎麼處理這些小貓了。

所以，空太率先開口：

「我說啊。」

「什麼事？」

「嗯？」

真白與七海的視線集中在空太身上，他差點就要敗給這樣的沉重壓力而將話吞回去。即使如此，也不能含糊帶過。空太輕輕深呼吸之後繼續說：

「我有話要跟妳們說。」

「……」

真白不發一語。

「什、什麼話？」

七海明顯嚇了一跳。

兩人的反應截然不同。空太看著這樣的兩人，毫無吞吐地清楚說出口：

「能不能給我一點時間考慮？」

產生一瞬間的空白，眨了三次眼睛。

七海放下心來，安心地緩緩舒了口氣。

也許是原本以為空太現在就要在這裡回應告白。既然說了有話要說，會這麼認為也是理所當然吧……

令人意外的是，真白也像鬆了口氣，表情變得柔和了些。

「我還一團混亂……今天兩人——也就是椎名與青山，那個……對我說喜歡我，雖然我很清楚這是現實，不過腦袋還是非常混亂。啊，不過，我當然很高興開心，正因為很開心，所以不能被沖昏頭，想認真考慮。」

不是憑著當下的一股勁兒，也不是被氣氛影響，空太想重新正視自己的感情，也感覺到是自己該面對的時候了。

「我沒問題。」

率先回答的人是七海。

「況且是我自己要你仔細考慮的……」

說到後面就開始含糊支吾，不過餘光還是飄向真白。

「我也沒問題。空太想怎麼做就怎麼做。」

「……謝謝妳們。」

「那個，神田同學。」

「嗯？」

「雖然才剛說沒問題好像有些奇怪，不過，我想拜託你一件事。」

七海的眼神毫不迴避地凝視空太。

「什、什麼事？」

聲音因緊張而變調。

「我希望能訂一個期限。」

七海的手微微顫抖。

「嗯，我知道了。我當然會這麼做，不過，要什麼時間……」

明明沒掛著月曆，卻不由自主地看向天空。太陽幾乎已經西下，夜晚即將造訪，風也開始變冷了。夏天還很遙遠。

「就我個人而言，希望能訂在教育旅行結束後。」

「教育旅行嗎……」

五月下旬，四天三夜北海道之旅。

距離現在還有三週以上的時間。

「這麼久可以嗎？」

就算寬估大約也是一週。空太原本以為至少要在這樣的時間內做出結論。

「教育旅行前還有期中考吧？」

考試正好是從教育旅行的一週前開始。

「神田同學還要忙推薦直升的事，所以不想妨礙你……不過事到如今才說這個，可能已經太晚了。」

「我也是，這樣就可以了。」

真白這麼說了，眼神同時傾訴著，大概是想說包含期中考及推薦直升在內，自己的意見與七海相同吧。

「總覺得很抱歉……不對，謝謝妳們。真的很謝謝妳們。」

可以的話，應該儘早做出回應。

「那麼，這個話題先就此打住囉！」

七海刻意發出開朗的聲音，看來也像是無法繼續忍受這樣的氣氛。

她摸了摸箱子裡的小貓。

「得幫牠們取名字呢。」

「這我已經想好了。」

五月三日。

這一天，櫻花莊會議紀錄上如此記載。

——櫻花莊有了新夥伴，黑白貓是瑞穗，鯖魚虎斑是小燕，還有白色小不點小櫻（註：皆為九州新幹線列車名）。大家要和睦相處喔。書記．神田空太

空太寫完便去睡覺了。

2

日期由五月三日變為四日。

已經是距離現在約三個小時前的事了。

被夜晚的寂靜包圍的櫻花莊１０１號室……當中的居民——空太還未能成眠。不，是早就放棄睡眠。

空太躺在床上，睜開的雙眼從剛才就一直朝向天花板。伸展四肢呈現大字型，仰望著再熟悉不過的木頭紋理。

身體彷彿輕微發燒，總覺得隱隱作痛。實際上並沒有感冒，這個熱度是內心的興奮引起的。原因也顯而易見。

因為空太獨處之後，一句話與一幅畫支配著他的思考……

——人家亂喜歡神田同學的。

七海如此傾訴的聲音在耳裡揮之不去，緊貼著鼓膜，烙印在腦海中。肌膚記住當時的緊張感，現在還殘留著餘韻。

身體無法停止思考、感受，內心平靜不下來，窒息感也逐漸湧上。

他試圖穩住情緒，閉上眼睛，這時又看見一幅永久保存在眼皮底下的畫。真白描繪空太的畫，沉穩的表情滿溢著空太希望能像這樣露出笑容的溫暖。

看一眼就絕對忘不了。

真白畫出的空太帶有這樣的衝擊性。

——我喜歡空太。

因為遠超過言語的情感都蘊含在畫裡了……雖然不太懂藝術，即便如此，空太還是比任何人都更正確地接受到了真白的情感。

告白。

人生中最重大的事件。

而且還同時發生了兩次。

雖然故事裡的主角遇到匪夷所思的事件時，都會說「還以為自己是在作夢」，但空太卻沒有這樣的感覺。

全都是現實。

不論是被告白那一瞬間非比尋常的驚愕，或是晚了一點才湧上來的喜悅，甚至是一個人喜不自勝地在床上滾來滾去的飄飄然……更不用說還從床上掉下去撞到頭，還有痛苦到快昏厥過去的狀況……

「啊～～這是怎樣？」

或是——

「嗚哇～～真是不妙啊。」

到剛才為止，還因為難以應付的情緒而不斷自言自語，就連腦中不斷響起喇叭吹奏樂，還舉行了舞會——這些都是真的。在每一個瞬間，空太都真實地感受到了。

還有，現在內心逐漸恢復平靜也是……

全都是真的，全都是現實。

鬧哄哄的感覺離開之後，剩下的是胸口的騷動與疼痛。

空太試著探尋其真面目，撥開驚愕與不知所措，繼續往內心深處前進，以自己的意志碰觸超越開心與喜悅的更前方。

有個想法在那一頭等著。

——還沒到達任何地方。

靜待在內心森林深處的，是這樣的話語。

——還沒追上任何目標。

沒錯，正是如此。

光是自己的事就已經焦頭爛額，完全沒有餘裕。然而，要是跟某人交往，真的能好好珍惜對方嗎？

「……就是因為不知道這一點才煩惱吧。」

空太自言自語，聲音在房裡消散而去。

他想轉換心情而坐起身，腳邊剛撿回來的小貓們被白貓小光與黑貓希望包夾，很幸福似的睡著了。

空太自然地露出笑容。

看著這景象一會兒，察覺到口渴了，便走出房間到飯廳去。

原以為飯廳裡沒有人，沒想到已經有人先到了。

坐在最靠近冰箱的椅子上的，正是姑且算是被交付任務要讓問題學生改邪歸正的千尋。明明就在學生面前，卻咕嚕咕嚕地灌著罐裝啤酒。因為平常就是這個樣子，事到如今既不會感到驚訝也不會傻眼了。當然，即便圓桌上放著三瓶空罐，也不令人在意。

空太將水倒到玻璃杯裡，在千尋旁邊坐了下來。

「呼～～」

然後無意識地舒了口氣。

「你幹嘛故意在我的視線範圍內嘆氣給我看啊？」

「我剛剛只是緩慢地吐氣而已。」

「搞什麼啊，還強詞奪理，一點也不像神田的作風。」

「我的作風又是怎樣啊……」

「嗚哇，你好煩啊。」

「明明是老師自己先提的吧！唉……」

這次同樣是毫無自覺。看到千尋皺眉，空太才注意到自己又嘆氣了。

千尋不發一語地起身。本來還以為她要回管理人室，她卻打開冰箱。看來似乎只是因為酒喝完了。

「來，這是給你的。」

某個冰涼的東西壓在脖子上。

「嗚喔！」

空太忍不住發出粗厚的叫聲。

「幹嘛發出這種美式喘氣聲啊？」

「還不是老師害的！」

總之先收下冰涼的物體。大概是罐裝飲料吧。

「姑且跟您說聲謝謝。」

空太向千尋道謝。不過，空太知道了罐子的真面目，聲音變得激動。

「這不是啤酒嗎！」

「是酒精濃度零的無酒精啤酒，不用擔心。」

「唉，這樣的話……」

雖然無法釋懷，空太還是打開了拉環。

「因為標籤跟普通啤酒很像，所以搞錯買回來了。真是給我找麻煩。」

「喔，這樣啊。」

空太隨意回應千尋，拿起罐子遞到嘴邊。些微的碳酸，苦味在嘴裡擴散開來。在這個時間點已經夠苦夠難喝了，吞下去之後更是慘烈。口中餘味簡直糟透了。

「這是什麼啊，好苦！好難喝！」

空太立刻撲向裝了水的玻璃杯，忍不住覺得水好喝得不得了。

「你果然還只是個小孩啊～」

「味道好像抹布。」

「我跟你不同，沒有吃抹布的習慣，所以不清楚。」

千尋露出像是看著怪人的目光。

「我也沒吃過啦！只是從味道聯想！」

「真是的，現在的年輕人怎麼這麼不會喝啤酒啊。」

「這不是該對未成年人說的話吧。」

「你遲早也會變成用威士忌加蘇打水乾杯的那種大人吧。」

為什麼要被那種彷彿看著父母仇人的眼神瞪呢？

「請不要跟學生聊酒精的話題。」

「也有可能是喝薑汁汽水或烏龍茶啊。」

「老師，您也該適可而止了吧。」

現在的空太沒有餘力理會醉鬼。

「我才想叫你適可而止呢。大半夜從房間走出來，這是在幹什麼？做出這種像是煩惱得失眠的高中生的事。」

「我正是煩惱得失眠的高中生啦！徹頭徹尾現役的啦！」

「就算這樣也不用表現出像是會出現在畫裡（註：日本慣用語，意指典型）的不安定感吧？」

「那可真是對不起啊。」

「不過，實際上的確是被畫成畫了，所以這也無可奈何。」

「啥？」

「我也不是不了解你的心情啦。」

「那個……老師？」

摸不著對話的方向，醉鬼就是這點叫人困擾。才正這麼想，千尋說出了意想不到的話。

「竟然要求選擇一方，被迫選擇的人也不好受吧。」

「什麼？」

空太發出痴呆的聲音。

「選擇真白，或是青山。」

他對於決定性的一句話，除了驚訝還是驚訝。

「咦！為什麼您會知道啊！」

「也許神田不知道，不過我可是美術老師喔。一看到真白畫你的作品就知道了。」

「……」

無言以對。

話雖如此，為什麼連七海的事也知道呢？

「青山也是回來以後就怪怪的。只是要用浴室，卻莫名在意你的房間……強烈散發出『才剛告白，要是不小心碰個正著怎麼辦』的氣息。」

「這、這樣……啊。」

「再加上看到你現在這個樣子，我就更確定了。」

「我看起來是什麼樣子？」

「至少不像是被兩位女孩子告白就飄飄然得不能自已。」

「……」

之所以無法反駁，正是因為被說中了。

「你要是那種不知好歹的態度，當心被揍飛喔。」

「被誰？」

「首先是被我吧。」

「老、老師跟藤澤先生不是交往得很順利嗎？」

「那個跟這個是兩回事。」

「為什麼！」

「你真是有夠麻煩的。」

真不愧是醉鬼，對話不但自私任性，而且也很隨便。認真跟她交談也只是浪費時間。

空太這麼想著，正準備起身的這一瞬間——

「看起來像是正在煩惱要選擇三個選項中的哪一個——你是希望我這麼說嗎？」

明明喝了不少，千尋卻能確實拉回脫軌前的對話。

「第一個選項，跟真白交往。」

「……」

「第二個選項，跟青山交往。」

「……」

這時兩人目光對上，千尋從鼻子發出笑聲。因此，即使還沒聽到接下來的話，空太也知道自己已經被看穿——被看穿目前內心傾向哪個選項。

「第三個選項，兩個都甩掉。」

「！」

雖然早就知道，但被說出口的衝擊性還是不同。

「第四個選項，兩邊都交往。」

「才沒有這種選項！況且老師剛剛說的明明是三個吧！」

「你到底是怎麼看三鷹的？」

「雖然我很尊敬仁學長，唯獨這一點不想向他看齊！」

「喔，這樣嗎？」

大概是對話題膩了，口氣突然變冷淡的千尋把剩下的啤酒一飲而盡，吐出充滿酒臭的吐息。

「不過，你會錯意了。」

「咦？」

千尋斜眼看著空太，似乎跟剛才喝醉酒的眼神不同。

「所謂的會錯意是指什麼？」

「看來你是真的沒發現呢。」

「所以說，到底是指什麼？」

「我只告訴你一件事。」

千尋的手指在已經空了的啤酒罐口滑動。

「神田你應該重新思考，自己究竟在煩惱什麼事。」

「我不懂您的意思。」

就是因為已經理解自己的煩惱，才會睡不著覺。

還沒到達任何地方的自己，還沒追上任何目標的自己，在不知道能不能獲得推薦直升水明藝術大學的微妙狀態下，內心實在沒有這種餘力。這樣的狀況下，能夠好好與誰交往嗎？能夠貼心地為「女朋友」著想嗎？

「老師？」

「剩下的就自己想吧。」

千尋說著起身，準備回房間去。

「啊、等一下！」

本以為千尋不會理會，沒想到她在飯廳門口停下腳步。她緩緩轉過頭來，以認真的眼神盯著空太。

「空罐要拿去丟喔。」

說完就真的走出了飯廳。

「……」

被留下來的空太，僵硬地呆立了幾秒鐘。

餐桌上，千尋喝得亂七八糟的空酒罐有六、七個。

「被設計了……」

千尋漂亮地將收拾殘局的工作推給被氣氛左右的空太。

空太坐在椅子上，又喝了一口無酒精啤酒。

「竟然可以大喝這麼苦的東西啊……」

苦味似乎又比剛才更濃了。

「還是很難喝……」

即使如此，丟掉又很可惜，空太便將玻璃杯的水當成酒後水，花了一些時間喝完整罐啤酒。

這時，他仍然不明白千尋所說的「會錯意」的意思。

究竟是搞錯了什麼呢……

3

五月四日，綠色之日。

這一天，空太被三隻小貓舔著臉而醒了過來。

四周昏暗，他心想現在應該還是晚上，用手機確認時間。

「……」

很遺憾，並非「還是」，而是「已經是」晚上了。

下午六點五十分。

記得到天亮前還睡不著，所以這也沒辦法。話雖如此，還是有些後悔居然白白浪費了難得的休假。

現在的空太有許多需要利用時間的事。他想做從四月就開始的射擊遊戲製作，要改良被龍之介說得一文不值的ＣＰＵ運作。

或是為了推薦直升，念書準備期中考也好。當然，重新檢視自己的心情，思考如何回應告白也同樣非常重要。

「回覆啊……這是最重要的吧。」

表情自然變得嚴肅。三隻小貓與這樣的空太嬉鬧。

之後，空太餵總計十隻貓咪吃貓食與牛奶，隨意看著成群的貓咪們好一陣子。

晚上八點，舉行前天才被流放到櫻花莊的普通科一年級生……長谷栞奈的歡迎會，大家圍著飯桌吃火鍋。

原本應該是昨天要辦的，但因為栞奈說想先整理行李，所以改到今天。

「那麼，櫻花莊全體歡迎長谷栞奈同學。」

「乾杯～～」

地點在櫻花莊的飯廳。

參加的人有空太、真白與七海三位三年級生，還有早早在四月就住進櫻花莊的音樂科一年級生姬宮伊織。包含主賓長谷栞奈在內，總共有五個人。

座位以順時針來看，依序是栞奈、伊織、空太、真白，然後是七海。

千尋不在，另一名學生赤坂龍之介則依然足不出戶，窩在１０２號室裡。姑且用電子郵件叫他一下。

——龍之介大人現在正要駭入五角大廈，沒有餘力理會空太大人的兒戲。謹此致歉，盼能獲得您的諒解。世界馬上就要變成我的了！女僕敬上

收到如此驚人的回覆，空太便決定不再深入追問。

雖然這應該只是女僕的玩笑話……

總之，至少要告訴栞奈還有另一個住宿生的事。

「還有一個叫做赤坂龍之介的三年級生，住在１０２號室。」

「這樣啊。」

之後，大家吃著味噌鮭魚火鍋，由空太開始依序進行簡單的自我介紹。繞了一巡之後，火鍋的食材也少了一大半。

歡迎會順利進行。

只是倒也並非沒有任何問題。

空太伸出筷子去夾火鍋料時，與同樣看準了鮭魚的七海目光對上。

「啊、啊，抱歉。」

「不、不會啦。神、神神神、神田同學先用吧。」

「不不！不不不！青山先……」

像這樣彼此把手收回的情形發生過兩、三次。

即使告訴自己要像平常一樣，卻反而更在意起七海。

對真白也是同樣不自然地感到在意，歡迎會開始以來，空太一次也沒看向坐在左邊的真白。

老是把目光朝向反方向的伊織。

「空太學長，你是怎麼回事？一直對我投以熱情的眼神。」

「我沒有。」

「話先說在前頭，我可沒有那種興趣喔？」

「我也沒有啦！」

還被迫討論這種無關緊要的話題。歡迎會的主賓栞奈則露出打從心底感到受不了的表情。

一想到未來的每一天都得在這種狀態下度過，就快昏過去了。不過開口要求時間考慮的人是空太自己，所以也沒資格抱怨或說喪氣話。

就在火鍋料吃完的時候，七海開始準備雜燴粥。放入白飯，熄火後打了蛋花進去。

就在這個時候——

「那個……」

栞奈開口了……

眼鏡底下是滿溢疑惑的眼眸。

「嗯？怎麼了嗎？」

空太假裝冷靜地回應。

「不覺得氣氛有些怪怪的嗎？」

這是果斷毅然的聲音。栞奈的意識放在空太、真白與七海身上。應該不是自己多心了。

「我可沒有放屁喔。」

在繃緊的緊張感當中，伊織率先說出奇怪的辯解。

「笨蛋就該閉嘴。」

栞奈的眉毛連動都沒動一下。

「怪、怪怪的是指？」

「我覺得學長姊們的態度很見外。」

「沒、沒那回事吧。」

空太拿起栞奈已經空了的碗，幫她盛了許多雜燴粥。

「我先聲明，不是指對我見外。」

「……」

也許她已經察覺到什麼了。才正這麼想——

「我是指學長姊之間。」

栞奈如此補充。

「有、有嗎？」

「沒、沒那回事吧？」

空太與七海幾乎同時出聲。他們像是徵求彼此的認同，對看了一下。七海的笑容顯然很不自然，有些僵硬，而空太大概也是類似的表情吧。

而且兩人忍受不到兩秒，便面紅耳赤地別開視線。

「看吧，現在也是。」

找藉口就是自掘墳墓。看來什麼都不要說比較好。

「……」

「……」

這麼想著而閉上嘴，卻更讓飯廳瀰漫著詭異的氣氛。

簡單來說就是尷尬不自然。

一個被等待答覆告白的男孩子，以及兩個等待答覆的女孩子處在同一個空間，各自有所顧慮，也難免變得奇怪。

與平常沒兩樣，默默吃著味噌鮭魚鍋的真白反而比較奇怪。

空太餘光瞥了這樣的真白一眼。

現在才發現自己漏看了一些東西。

也許是因為刻意不看真白，才沒發現與平常明顯不同的地方。她沒有將討厭的食物移到空太的碗，明明不吃的油豆腐，就在她自己的碗盤堆得滿滿的剩下來。

「空太。」

突然被這樣的真白叫喚，空太莫名感到慌張。有種不好的預感。

「幹、幹嘛啊？」

他戰戰兢兢地回問坐在旁邊的真白。

真白直率地凝視著空太說：

「我們分居吧。」

「……咦？」

空太忍不住反問。

「分居。」

「這我有聽到啦！」

「就是分開生活。」

「這我也知道！」

「不然是什麼事？」

「我是想問妳為什麼突然說出這種話啦！學弟妹也都在看！」

伊織與栞奈各自帶著興致盎然的目光看了過來。

坐立不安。不想被當成笑話看……

真白當然不可能察覺空太的心境，做出如此確切的說明：

「因為空太是男孩子，而我是女孩子。」

「原來如此……」

「所以，分居吧。」

真白強力宣言。

「所以，分居吧。」

緊張感似乎與平常不同，莫名感覺緊繃。是自己想太多嗎？八成不是這樣。

真白大概是對自己的主張很中意，一個人不斷點著頭。以不同的觀點來看，說不定會覺得她心情很好。

「讓空太幫忙選內褲也不太好。」

真白說的話很正確。真的很正確。

不過，實在忍不住想說句話。

「在一年又一個月前妳就該察覺了啦！」

「我從以前就隱約這麼覺得了。」

「不要若無其事地扯謊！」

事到如今，真白會說出正經話，原因再明白不過。

昨天的告白。除此之外不做他想。

「你們從剛才開始就在說些什麼啊？」

完全不清楚事情的來龍去脈，伊織一臉茫然。

「原來如此，是這麼回事啊。」

琹奈的反應與伊織完全相反，自己一個人似乎理解了什麼，而且還以自然乾脆的口氣說出出乎意料的話：

「空太學長被椎名學姊與青山學姊告白了啊。」

直球中的直球。

「為什麼妳會知道啊！」

空太以脊神經反射脫口而出。

「咦咦！是這樣嗎！」

伊織慢了一拍驚訝地起身。

「果然是這樣啊。」

接著，琹奈一副冷淡的態度推了推眼鏡。

「……」

看來似乎是被套話了。不過，現在才發現為時已晚。

「神田同學是笨蛋。」

七海投以受不了的眼神。

「真是慚愧。」

空太老實地低下頭。

「我倒是無所謂啦。比起向神田同學開口的時候，這根本不算什麼。」

「咦～～真的嗎？空太學長，太厲害了～～！也請教教我受歡迎的祕訣吧！」

伊織抓住空太的手臂。

「請務必讓我也交到女朋友！」

老實說，被這樣拜託令人很困擾，況且自己也不知道事情為什麼會發展成這樣，所以當然也沒辦法教他什麼。

如果真的想要受歡迎，拜仁為師絕對比較好。雖然仁的情況，也許不太適合一般人參考……話說回來，伊織只要不開口講話，五官也很端正，總覺得應該很受歡迎，再加上還有彈鋼琴這項專長——雖然本人或許不這麼認為就是了。

「真叫人意外。原來空太學長很受歡迎啊。」

別開臉的栞奈看來有些不滿。

「栞奈學妹？」

「什麼事？」

回話也是帶刺。

「呃，歡迎會有覺得開心嗎？」

總之先露骨地轉移話題。

「到剛才為止還算開心。」

「現在呢？」

「感到些許不滿。」

「是因為我的關係嗎？」

空太戰戰兢兢地問道。

「是的，是學長害的。」

栞奈斬釘截鐵地肯定了。

沒辦法立刻接話。

「那個，真是對不起。因為我們慌慌張張的……」

七海對這樣的空太伸出援手幫腔。

「不，沒那回事……」

大概是顧慮到學姊，栞奈揮動雙手否定。總覺得她對空太與七海的態度差很多，是錯覺嗎？

「都是因為我多嘴。」

「不過，過一陣子就不會是這樣的氣氛了。」

七海面對學弟妹的笑容，已經恢復自然。

同時，從她的話裡感受到強烈的根據。空太的答覆有訂下期限。只是，讓她如此確信的應該不只這件事。

「要說順便是有點怪怪的，不過，我也有件事要向大家報告。」

七海緊接著如此說道。

四個人的視線全集中在一點。

「這個月下旬的教育旅行結束之後，我就要搬回一般宿舍了。」

七海以甚至帶著爽快的直率眼神看著正前方。

空太花了一些時間才理解她的意思。

關於這點，真白、栞奈與伊織應該也一樣。因為每個人都花了幾秒鐘的時間才顯露出驚訝。

這就是七海的根據，也是確信。

「咦？」口中發出的是僅吐出空氣的微弱聲音。

即使如此，空太的動搖還算輕微。雖然沒聽說過時間，但早就知道七海即將離開櫻花莊。為了當做演技的參考，到遊樂園約會的那天……

——我已經決定要離開櫻花莊了。

在摩天輪裡接吻之後，七海曾親口這麼說過。

坐在旁邊的真白凝視著七海的側臉。

「真抱歉啊。明明是歡迎會，我卻說這種事。」

「不……沒關係。」

栞奈看來不知該如何回答才好，大概也沒想過話題會這樣發展吧。就這一點來說，空太也是同樣的想法。

接著——

「咦咦！」

一直到最後都僵硬不動的伊織，大聲地反應。

「青山學姊要離開了嗎？」

腿軟的伊織從椅子上跌落，四肢著地，沮喪地低著頭。

「怎麼會這樣……」

好不容易才擠出極為氣餒的聲音。

「我沒想過伊織學弟會為我感到這麼遺憾。」

空太也有同感。伊織來到櫻花莊才沒多久，大約只過了一個月的時間，似乎就已經有了相當的感情。

「因為要是青山學姊不在了，櫻花莊的胸部戰力不就會大幅減弱嗎！」

「嗯，我就想應該是這麼回事。」

七海的聲音夾雜著嘆息。

「這是毀滅性的！這樣一來就無法戰鬥了！」

「你好歹也看一下現場狀況。」

栞奈以輕蔑的眼神俯視伊織。

「唉……」

聽到這聲音而抬起頭的伊織，一看到栞奈便垂下肩膀。

「你這是什麼意思？」

栞奈的目光帶著殺氣。

「絕壁戴著眼鏡……」

「誰是絕壁啊？」

「如果覺得不甘心，就先把胸部弄到手吧！這樣才有資格說話！」

伊織彷彿站在法庭裡的辯護律師，手直指著栞奈。當然，栞奈的表情越來越不爽快。

「要是請空太學長幫忙搓揉或吸一吸，不知道會不會變大？」

伊織一臉笑容扯廢話。

「可不可以別把我拖下水？」

栞奈用雙臂遮住胸部，轉身背對空太……接著只轉過頭來，將視線投向空太。

「我不會讓你碰的。」

眼神充滿輕蔑。

「還用妳說！」

「更、更不會讓你吸的。」

「我知道啦！」

空太感受到某種責難的視線。是真白與七海。她們極為不滿的樣子，這時最好不要輕率地跟她們說話，否則絕對是自找麻煩。

「啊～～怎麼會這樣……我的青春已經結束了。雖然椎名學姊超可愛，所以還無所謂……」

伊織再度看了栞奈後感到失望。

「沒有啊～～」

「你還真敢說。昨天明明還因為看了我的裙底風光而感到興奮。」

栞奈似乎比外表看起來更火大，也開始你一言我一語地向伊織挑釁。

「那、那是！那是那個！就是那個！」

伊織的表情看來顯然開始動搖。

「那個是哪個？」

雙手抱胸的栞奈，居高臨下俯視坐在地上的伊織。

「等一下，我馬上回想起來。」

他將手心朝向栞奈，閉上了眼睛。

「不、不要回想！」

栞奈用力踩下伊織的腳。

「好、好痛～～啊！」

「自作自受。」

栞奈一副話題到此結束的態度，但一看到起身的伊織的臉，表情又緊繃了起來。

「不是叫你不准再回想嗎……」

聲音聽來彷彿從地獄爬上來般驚悚。

「我、我又沒有回想……」

伊織立刻裝傻。

不過遺憾的是，他的鼻子開始滴落紅色液體。

啪答啪答滴在地上。

「啊、糟了……」

伊織終於也發現了。

「我、我吃飽了～～！」

說完便逃出飯廳。

「真是個小鬼。」

栞奈並沒有上前追趕伊織，只是冷冷撂話。

接著吃完最後一口雜燴粥，說了「我吃飽了」便開始整理餐具。她從椅子上起身時，瞥了空太一眼，走出飯廳。

現場只剩下空太、真白還有七海。

「七海要離開了啊。」

真白輕輕說著。

「嗯。因為我覺得那樣是為自己好。」

七海曾經說過待在櫻花莊就會變得愛撒嬌。因為待在這裡感覺很舒服，所以才會想撒嬌。空太並不覺得這完全是不好的事，不過既然七海煩惱過後決定了，也沒辦法挽留。空太自己也很清楚，即使挽留了，七海的決心還是不會改變。

「雖然我會來櫻花莊是因為積欠了一般宿舍的住宿費……不過我現在知道了，會變成那樣是因為別的原因。其實原本就很勉強，卻自以為能把課業、打工，還有訓練班的一切都做好。」

「……」

真白以認真的神情凝視緩緩道出的七海。

「本以為能自立更生，結果卻完全不行。即使以為自己都能做好，卻可能在不知不覺間給別人添了麻煩──我來到櫻花莊才開始這麼想。」

「這樣啊。」

「嗯。雖然今年少了訓練班，不過正因如此，我才想先從課業與打工……從這些方面開始好好獨立。之前做不到的事，希望現在能一件件做到。」

「七海要畢業了呢。」

「咦？」

「從櫻花莊畢業。」

「說得誇張一點，算是吧？」

七海難為情地笑了。

「七海。」

「什麼事？」

「不管七海到哪裡，七海都屬於櫻花莊喔。」

「……」

「大家就是櫻花莊。」

這是美咲與仁的畢業典禮之前，空太對真白說的話，是真白感受到的心情。

「我也是這麼想的。」

七海露出爽朗的笑容，絕非沒有任何眷戀。即便如此，她還是決定啟程出發——她的話語及表情蘊含了這樣的堅強。

所以如果那個時候到了，希望自己能笑著送她離開——空太如此想著。

4

黃金週結束，世界再度恢復平常的運轉。就連幾乎每天都報導觀光勝地人山人海的新聞節目，從連假結束之後便開始播報對遲遲沒有進展的國會審議的不滿，以及毀壞農地的棘手動物特輯等。

配合社會現狀，空太也恢復每天通學的日子。

只是，唯獨有一點與休假前有了很大的不同……

那就是照顧真白。

早上真白還沒起床，空太到她的房間，她便用緊張的口氣說道：

「空太，不要進來。」

還被趕到外面去。

要幫她準備換穿衣物時──

「我自己來。」

她就以強硬的態度把制服搶走。

不小心拿到內褲時──

「還給我……」

她還會鼓起臉頰企圖恐嚇。

「空太好色。」

甚至現在才說出這種話。

雖然這些就女高中生的反應而言很正常……

即便只是換個衣服，如果全交給生活白痴真白，說不定會引發超乎想像的大慘劇。像是沒穿內衣褲就到學校，還算是比較容易想像的程度。

因此，每天早上真白換好制服從房間出來時，空太都得再次確認她的服裝。

「我很完美了。」

換好衣服的真白還刻意轉了一圈，強調換裝的成果。

就外表看來確實是很完整。不過，因為對象是真白，即使這樣還是不能放心。

「內褲呢？」

「白色的。」

真白洋洋得意地這麼說了。

「我沒在問妳顏色！」

就在進行這樣的對話時，栞奈也幾乎同時間從隔壁２０１號室走出來。

「算是順便問一下，栞奈學妹呢？」

栞奈之所以被流放到櫻花莊，原因在於她有些奇特的紓壓方式。這個方法就是在公眾面前不穿內褲……這件事被一般宿舍的女舍監發現了，因此被流放到問題學生的巢穴。

「一大早就問學妹內褲的顏色，真是讓人瞧不起。」

「我是在問妳有沒有穿！」

「我覺得這個問題更讓人瞧不起。」

說得一點也沒錯。

「是啊，一大早的我這是什麼對話啊。」

就像這樣，持續與自我厭惡對戰的日子。

在結束大型連休的學校，因為教育旅行即將來臨，三年級生顯得靜不下來。

利用班會時間分組，空太、龍之介、七海……還有與七海感情很好的同班同學高崎繭、本庄彌生被分在同一組。這幾乎是自然形成的。

男同學沒有人想與櫻花莊住宿生——空太與龍之介同一組，兩人相當於以剩下來的形式編入同一組。

然後，在男同學與女同學的小組合併為一組時，基於同樣的理由，必然是與七海的小組併在一起。也只有七海這個小組願意跟空太他們合併。

因此，實際上在分組的時候，空太什麼也沒做，回過神來就決定好了。這樣倒也無所謂……

只是，還有一個小問題。

「小春老師，我有疑問！」

分組結束後，空太猛然舉手。

「好，神田同學，駁回。」

「至少聽我把話說完吧！」

「反正一定是赤坂同學會不會來參加的問題吧？」

「沒錯！」

「他應該是不會來吧？真是太好了呢，神田同學。北海道就是你的後宮囉。」

「就是因為這樣太累了，所以才要跟小春老師商量啊！」

「好～～那麼各組就開始研擬計畫囉～～還有，期中考也快到了，就隨便念一下書吧。」

「等一下啊，老師！救救我啊！」

完全無視空太血淚的傾訴，下課鈴響，小春便立刻走出教室了。

空太無可奈何，只好試著傳簡訊問龍之介……

——赤坂，你會參加教育旅行吧？

——大型連休我都計畫要專注在工作上。

——可不可以不要把學校所有活動都當成休假日啊！

——有什麼問題嗎？

——希望你無論如何一定要參加！

——理由說來聽聽。

——因為我會落單啦！

——駁回。

被拒絕了。

之後空太也定期聯絡並邀請龍之介參加，只是到目前為止還沒獲得期望的回應。

在這樣的狀況下，黃金週之後又很快地過了一週，阻擋在教育旅行前的關卡……對空太而言，則是影響是否能獲得推薦直升的重要期中考，已經逐漸逼近。

期中考在即的五月十五日週日。

明天起的三天是考試的日子。

空太在櫻花莊的房裡默默念書。

面對書桌很快已經過了三個小時。除了中途去上廁所，其他時間都在解考試題庫集。

頭腦大概是累了，面對積分算式，空太握自動鉛筆的手停頓下來。

「……」

雖然嘗試摸索解題，不過始終想不到導出答案的方法。

試著努力撐了五分鐘，還是不行。

注意力一下子就中斷了。

這時才注意到手邊已經變得相當昏暗。

空太拉了電燈的拉繩。

室內整個亮了起來。

大概是因為注意力中斷，背後原本毫不在意的說話聲逐漸貼上耳膜。

「欸，栞奈。」

「什麼事？」

「這裡我搞不太懂。」

「用課本例題的同樣做法就能解開。妳看，這裡有寫。」

「啊，對耶。」

如果空太記得沒錯，這裡應該是自己的房間……

他不發一語地聆聽著。

「欸欸，栞奈。」

「什麼事？」

「這裡我也不懂。」

「這裡啊……」

類似這樣的對話，兩人不知重覆了多少次。

看來似乎沒有一題是向人討教的少女會的……

「我說啊……」

空太把椅子轉了過去。

「什麼事？哥哥！」

大概是因為被呼喚而感到開心，妹妹優子一臉興高采烈抬起頭來，臉上是讓人覺得刺眼的燦爛笑容。

「為什麼優子會在這裡啊？」

「妹妹待在哥哥的房裡，這可是常識喔！」

完全讓人搞不懂的常識。況且這也不是什麼值得眼睛閃閃發亮訴說的事。

「我可是正值能不能拿到直升推薦的重要關頭，所以希望盡可能在期中考拿到好成績。」

「那麼，只要優子幫哥哥加油就行囉！」

「不是。」

「教哥哥功課就好了？」

「哥哥我沒有什麼事是需要妳來教的。」

「不然，優子到底該做什麼才好啊！」

她鼓起臉頰嘟著嘴。

「乖乖離開我的房間。」

空太直接這麼說了。

「為什麼？」

但優子卻一臉認真地反問，歪著頭發愣的樣子，完全是個笨孩子。

「原來優子是比我想像中還要可憐的傢伙啊！」

「正因為這樣才需要哥哥啊！在這個世界上，最需要哥哥的人就是優子囉！」

她緊緊握著拿鉛筆的手，又在極力主張什麼奇怪的理論了。

空太放棄與她正常的溝通，決定向規矩地跪坐在桌前的另外一名少女開口：

「為什麼連栞奈學妹都在這裡？」

栞奈在宿舍也穿著端莊的便服。

「看就知道了吧？」

桌上放著課本與筆記，當然一目了然。

「正在教優子功課。」

「既然知道，就請不要故意問我。」

「真是抱歉啊……」

「學長就是這個樣子，才會從剛才就解不開數學問題。」

「那可真是對不起妳啊！」

「不懂的話，問七海姊不就好了嗎？」

天真爛漫地這麼說著的人是優子。

「七海姊很會教人呢。」

這是當然的吧，畢竟她是讓優子考上水高的重要人物。關於水明藝術大學的直升推薦，七海也在合格的安全範圍內。

「不，青山是那個……」

空太忍不住吞吞吐吐。

「……」

栞奈則貫徹富饒意味的沉默。

「如果覺得不好意思，優子去幫你拜託她。」

優子邊說邊站起身。

「啊～～給我等一下！」

空太慌張制止後，優子也忍不住歪著頭。

「……哥哥，怎麼了？」

「沒、沒什麼啦，優子。」

「啊～～一定是跟七海姊吵架了吧。」

「沒有。」

「應該說正好相反吧。」

栞奈輕聲說了不該說的話。

「栞奈學妹！」

「啊，莫非這個不能說？」

絕對是明知故犯。之前就這麼覺得了，栞奈對空太在精神上有S的傾向。明明是會做光著屁股上課這種驚險特技的M體質……該說是一體兩面嗎？

「唔！到底是怎麼回事啊？哥哥！」

「優子用不著知道。」

「無所謂，我等一下去問七海姊。哥哥最討厭了！」

優子說著吐出舌頭。

不過……

「咦？優子應該沒有最討厭哥哥吧……？」

立刻又開始喃喃自語，然後如此告白：

「我最喜歡哥哥了！」

「妳情緒真是不穩定啊。」

「嗯，差不多就是這樣吧。」

優子一臉得意，不修邊幅地嘿嘿笑了。

「……優子覺得幸福就好了。」

空太已經什麼都不想說了。

「欸，哥哥。」

「這次又是什麼事？」

優子直盯著房門看。

「話說回來，真白姊都沒來這裡呢。」

今天確實還沒來過這個房間，也許是在自己的房裡畫漫畫原稿吧。因為她並沒有準備考試這個選項……

空太與將視線從課本上抬起的栞奈目光對上。

他投以「什麼都別講喔」的眼神。

栞奈點點頭。眼神溝通成功了。

「現在兩人處於很微妙的關係，所以見面有些尷尬吧。」

「栞奈學妹？」

對於栞奈語帶玄機的發言，優子露出了狐疑的眼神。

「你們從剛才開始就在說什麼！」

「跟優子無關的事。」

「欸，哥哥。」

還以為優子會對真白的事感到在意，她卻以專注認真的眼眸來回看著空太與琹奈。

「哥哥什麼時候跟琹奈變得這麼要好了？」

「我們感情並沒有特別好。」

琹奈在筆記上寫著英文，語調平淡地說道。

「是這樣嗎？」

優子並不接受的樣子。

「感情沒有很好。」

琹奈又重覆了一次。

「嗯，我想也是。」

這次優子爽快地接受了。

雖然不清楚她是在哪時改變心意的，不過她一定有她自己的世界，還是不要深究得好……

正在想著這些事的時候，原本半開的房門由外側被打開了。不敲門就現身的正是真白。

她很珍惜似的將某個東西抱在胸前。那是旅遊書，封面斗大的字寫著「北海道」。

真白一與空太四目相交，便筆直走到書桌旁。

「啊，是真白姊！還以為妳已經怕優子怕到逃跑了呢！」

真白完全無視優子，看也沒看她一眼。

「空太，我想去這裡。」

真白把翻開的旅遊書遞到空太面前。

「嗚哇！太近了，近到我都看不到了！」

空太拉開距離。被翻開的是介紹小樽的頁面，就在運河的照片旁邊貼著寫了「背景」、「要去看」、「絕對！」的粉紅色標籤。

小樽是教育旅行第二天會去的地方，也有自由活動的時間。

「空太，要去這裡。」

真白強硬地用力把旅遊書遞過來。

「我、我知道了，我知道了啦，妳快拿開！」

「接下來要畫旅行的故事。」

真白的攻勢仍然沒有要停止的跡象。

「這我也知道啦！我會陪妳去收集資料！一定啦！」

這時真白才終於把書拿開。

「約定好了喔。」

「嗯，我答應妳。」

還以為已經沒事了，但真白沒有要走出房間的意思，反而以自然得彷彿原本就坐在這裡的腳步移動到床邊輕輕坐下，背靠著牆壁，雙腿向前伸展，一副放鬆的姿勢。她心情似乎很好，不停翻著放在大腿上的北海道旅遊書。令人驚訝的是她竟然還哼著歌，是去年文化祭製作的「銀河貓喵波隆」的主題曲。真白隨著節奏，身體微微左右搖擺。

這幾天來，真白一直都是這樣。

情緒異常高昂，給人充滿幹勁的感覺。

「總覺得真白姊很興奮呢。」

竟然連優子都注意到了，表示與平常的她有很大的不同。

「而且，是不是又變得更可愛了？真白姊在閃閃發亮耶！好耀眼！優子都要溶掉了啦！」

「妳是殭屍啊……」

倒也不是不明白優子所說的……真白至今蘊藏的活力滿溢而出，明明給人纖細易碎的感覺，最近的她看來竟然也變健康了。雖然和優子有同樣的感想令人感到無可奈何，不過空太也覺得真白十分耀眼。

「女性談了戀愛就會變美，原來是真的呢。」

栞奈一邊解題一邊又說出不當的發言。

「栞奈學妹，妳過來一下。」

「什麼事？」

「能否把耳朵借給我一下？」

「想對我耳語下流的話嗎？」

「妳當我是什麼啊！」

正當空太的注意力放在栞奈身上時，抬起頭的真白呼喚優子。

「對了，優子。」

散發出輕鬆的氣氛，彷彿要開始閒話家常。

「什麼事啊？真白姊。」

優子會回答得如此天真無邪也不是沒道理。

大概沒料想到真白緊接著會說出這種話吧……就連空太也太大意了。

「我跟空太告白了。」

「啥！」

空太的時間為之凍結。

「啊，這樣啊。」

不過不知為何，優子的反應非常普通，毫無可看性。

「喔，真白姊向哥哥告白了啊～～啊，琹奈，這個問題要怎麼解？」

「這個是有點困難的算式呢。要先計算這個。」

「嗯、嗯。」

「之後再代入就好了。」

「哇～～真不愧是琹奈，什麼問題都能立刻解決！不對、咦咦～～！再說一次！咦咦！真白姊跟哥哥告白？」

看來剛才只是面臨重大事實，導致腦袋凍結而已。

「你、你們要交往了嗎！」

「這要問空太。」

優子極具魄力地轉向空太。

「到底是怎麼樣啊？哥哥！」

「好啦，我要出去買東西。這週輪到我採買呢。」

空太刻意發出吆喝聲，站起身來。

「優子，我幫妳買冰淇淋回來吧。」

「啊，嗯！我要汽水口味的！」

「我知道了。先出門去了。」

空太迅速走出房間，在玄關俐落地換上鞋子。

接著——

「啊～～！我被設計了！哥哥～～！」

他聽著優子從遠處傳來的聲音，逃出櫻花莊。

5

這天晚上，空太把優子趕回一般宿舍後，一直念書持續到超過十點。正想要喘口氣時，桌上的手機突然開始震動。

來電者是三月從水高畢業的三鷹仁——原本住在１０３號室。這個房間現在住著伊織。竟然過了一個月就有新的住宿生，恐怕連仁都料想不到吧。

空太在床緣坐下，按下通話鍵。

「啊，是我。」

『空太接電話的方式還真怪啊。』

「咦？啊，呃，因為是自己的手機，沒關係吧。」

之前曾以同樣方式接電話的某人的臉隱約浮現，那是讓人不太想承認擁有他的遺傳因子的親生父親。空太也還清楚記得自己曾經數落他這樣很沒常識，沒想到自己居然做出同樣的事……

「仁學長，怎麼了嗎？」

『嗯？倒也不是什麼重要的事啦。』

「喔。」

空太不清楚仁的用意，只能曖昧地回應。

『只是想說你之前說過的小說家女孩，之後不知道怎麼樣了。』

「啊，真是抱歉，應該由我主動聯絡才對！」

最近發生了許多衝擊性的事件，導致完全忘了跟仁道謝。

空太曾找仁商量關於煩惱寫不出第二部作品的栞奈的事。

「多虧仁學長提供的資料，她好像已經抓到訣竅，大綱也已經獲得責任編輯認可。」

『這樣啊，那就好。』

「是的。」

『其他有什麼特別的事嗎？有趣的事之類的。』

「雖然並不有趣……不過，確實是發生了一些事。」

『不有趣的話就不用了。那麼，打擾你啦。』

「啊，仁學長！」

空太立刻叫住準備掛電話的仁。

『嗯？』

「啊，呃……」

『幹嘛啊，找我商量戀愛問題嗎？』

仁開玩笑般的口吻，半帶著笑意。

不過對空太而言，這件事完全笑不出來。

「……那個，呃，是的。」

『哪一個？』

簡潔的問題。即使只有這樣，空太也明白其中的意思。

真白或是七海……仁問的是這個。

「都有。」

『真厲害啊。』

說是這麼說，仁並沒有真的很驚訝的樣子，也許是早就預見空太總有一天會變成這樣。

『我先把話說在前頭，「真厲害啊」指的不是空太，而是真白跟青山學妹。』

「我想也是……」

空太什麼都還沒做。

『那麼，你在煩惱什麼？我認為兩位都是好女孩喔。』

「這個……我自己也很清楚。不過，該怎麼說呢……」

『覺得「還太早」嗎？』

仁果然很清楚空太的想法，不禁讓人懷疑他是不是會讀心術。然而，並非如此。正因為仁也曾經歷過相同的事，才會這麼清楚現在空太的心境。

「因為我還是什麼也沒做到……所以覺得還太早。」

『原來如此啊～話說回來，我以前煩惱類似的事時，有個囂張的學弟好像說了「我認為美咲學姊才不會在意這種事呢」之類的話。』

那個學弟正是空太。

「我那時實在是太失禮了。」

『我也覺得真白跟青山學妹不會在意這種事喔。』

大概是得以報當時的一箭之仇而感到滿足，帶著開玩笑口氣的仁似乎打從心底樂歪了。

「所以我都說對不起了啦！」

電話那一頭傳來仁的笑聲。

不過，他很快又恢復平常的樣子，提出含糊的疑問：

『那麼，空太想怎麼樣？』

「什麼怎麼樣？」

『你覺得還太早吧？』

「是的。」

『那要到什麼時候才不算太早？』

對話一點一點深入空太內心，因此他也做好準備，詳實摸索自己的情感。

「大概是……等到成為稱職的開發者。」

『你所說的「稱職」，指的是什麼？』

「……」

很難以一句話說明。即使不是一句話也很難說清楚。

『比方說，我想想看……大學畢業之後，空太會到電玩公司上班吧。』

「是的。」

『那麼，如自己所願被分派到開發現場，對空太而言，這就可以說是成為開發者了嗎？』

感覺仁刻意說得拐彎抹角，大概是希望空太一邊思考一邊聽自己說話。

「……」

正因如此，所以空太認真思考。

對於仁的提問，空太的直覺做出了「那與自己所想的開發者不同」的結論。什麼不一樣、哪裡不同——空太思索著確切的答案，不發一語等待仁繼續說下去。

『雖然幾乎是靠美咲的力量，不過我好歹也算是在這個世界上推出過作品。只是，我還不認為自己已經是個劇本家了。』

這應該是真心話。仁為了成為劇本家，選擇去念大阪的藝術大學，現在正在學習相關的東西，甚至不惜出生至今首次與美咲分隔兩地……

「我大概知道仁學長想說什麼了。」

『我覺得啊，所謂的開發者、劇本家、漫畫家，不是馬上就能當成，而是要一步步接近。』

「……一步步接近。」

空太為了仔細體會其中含意，無意識地反芻仁的話。

『進入電玩公司工作，或者得到新人獎，完成某件確實的事來得到別人的認可或許可，這是辦得到的。但是，那一定不是最終目標吧。更嚴格來說，其實那才算是終於站上了起點而已，不是嗎？』

「……或許是這樣。」

只要看真白就知道了。她努力並不是為了在雜誌刊登短篇作品，也不只是為了獲得連載機會。她的目標是在未來，畫出有趣的漫畫，讓讀者看得開心。繼續連載是手段，不是目的。

以立場來看，會覺得獲得月刊連載機會的真白已經是漫畫家。不過，真白應該毫不在意這種頭銜的東西吧。重要的是，究竟有多接近心中描繪的未來的自己……還有多少距離……

所以，仁才會說「一步步接近」吧。

『我認為戀愛也一樣喔。』

「一樣？」

戀愛也是……

空太突然回過神來。沒錯，找仁商量的是有關戀愛的問題。

『也就是說，開始交往並不是終點。「我喜歡你，跟我交往吧。」如此告白之後，對方答應了，兩人當然就成為男女朋友。但不是這樣就圓滿收尾了吧？』

「……」

老實說，空太覺得這樣就圓滿解決了。

『我說啊，空太，交到男朋友或女朋友，一時當然會覺得很幸福，甚至會覺得現在就可以飛上天了。不過，只是告白跟答覆，並不保證兩人未來永遠都是幸福的吧？』

沒錯，稍微想一下就懂了。

「因為也有情侶會分手。」

依比例而言，反而是分手的男女朋友較多吧。

『就是這樣。所以說，所謂的男女朋友並不是一下子就當成了，而是決定交往之後才一步步慢慢接近。』

仁若無其事說出讓空太恍然大悟的事實，這些話逐漸滲進空太的心裡。

「由仁學長口中說出來，說服力果然不同凡響呢。真不愧是已經抵達結婚這個終點的人。」

『你到底有沒有聽懂？』

仁用傻眼的聲音回應。

「我說了什麼不對勁的話嗎？」

『結婚也一樣，並不是送出結婚申請書後就成為夫妻了，而是兩人接下來才要一步步前進。這是很辛苦的……不過，兩人抱怨東抱怨西卻還是在一起，會是很開心的事吧。』

也許不全是笑容，會吵架，也可能會用難聽的話語傷害彼此。

不過，空太從仁說的話感受得到承擔、接受包含這些在內的一切，兩人一同繼續走下去的莫大溫暖。

『所以我覺得煩惱要不要交往是很沒意義的事。反正不管決定如何，還是要繼續煩惱下去。既然這樣，不如多想想交往後開心的事來得比較具建設性。』

「開心的事嗎……」

『有了女朋友才能做的事。有很多想一起做的事吧？』

「嗯，畢竟我也是男人。」

『突然就提到色色的話題，空太真有一套啊。』

「明明是仁學長把我引誘到那個方向吧！」

『就我的判斷，如果是青山學妹，即使覺得難為情還是願意盡力做各種事吧。』

的確，七海不管對什麼事都認真應對，所以說不定會是這種情況。

「……」

奇怪的妄想不禁膨脹了起來。

『喔，你想像了什麼玩法？』

「我、我才沒有！請、請回到正題。」

『好，好。那就回到我真正想說的事情。』

「是什麼？」

『不要一臉嚴肅地繼續煩惱了，稍微開心地想一些快樂的未來吧。你懂嗎？是那個真白跟青山學妹喔？你可是亂幸運一把的呢。所以，當個健全的男高中生吧。』

「我、我都說不要再繼續這個話題了……」

『況且啊，不管怎麼慎重考慮，不開始進行是不會知道結果的。男女之間的事，幾乎不會照自己的盤算發展。』

「……」

『所以不要害怕失敗，好好努力吧。越是想要毫無失誤地順利進行，就越是什麼也做不了。與某人交往，意味著將讓對方看到自己窩囊的一面。』

「是這樣嗎？」

無法實際感覺，因為沒有交往的經驗，這也無可奈何。不過，好像有點理解仁所說的話了。不管是真白或是七海，空太並非全都了解了。一定還有許多不知道的部分，而逐漸去了解這些，應該就是仁所說的一步步成為男女朋友這件事吧。一旦這麼想，就覺得前途多舛。

『空太。』

「是？」

『好好加油啊。』

仁溫柔地說完，便掛掉電話。

空太把結束通話的手機丟到枕頭上。

自己也躺在床上。

「只能去做了。」

相對於自己的心境，傾訴餓了的肚子難過地叫出聲。

「肚子餓了啊。」

「嘿！」空太發出吆喝聲，從床上起身。

離開房間，走向飯廳。

首先往冰箱直線前進。

看看裡面，卻沒有什麼適合的好東西。

只有剛才去採買時幫真白補貨的年輪蛋糕。

「就吃這個吧。」

他抓了一個，坐在以前仁坐的椅子上……現在已經是伊織在飯桌的固定座位了。

景象看來有些不一樣。

空太伸直了腿，靠著椅背。

「有了女朋友才能做的事啊。」

雖然含意不同，不過七海也曾講過類似的話。

——也請你想一下跟我成為男女朋友的未來。

女朋友。

情侶。

交往。

「女朋友啊……」

曾經有好幾次想交女朋友。要是被問想不想交女朋友，現在還是會不加思索地回答想吧。與女友共度的日子。

空太並非沒想過這樣的事。

早上刻意約在學校前見面，然後一起上學，課堂上避開老師的視線互傳簡訊。中午休息時間一起吃便當，對方偶爾還會為自己做便當，兩人難為情地說著：「如何？好吃嗎？」「嗯，很好吃喔。」

每天放學就相約在鞋櫃前會合，聊著今天誰比較早到、昨天又如何如何等不重要的話題一起回家。

即使沒有特別想說的話，晚上還是會寄出晚安簡訊。

說好假日要約會，會去遊樂園、水族館、看電影或逛街吧。夏天也適合去海邊或游泳池，看到女友穿泳裝，覺得既興奮又難為情……兩人開心玩鬧，或是對其她女生的泳裝打扮看得出神，然後女友就大發雷霆。就像這樣，不管是聖誕節、新年、情人節或白色情人節，節慶都要兩人一起度過。

空太想到這裡，腦中不自覺想像的女朋友，不是真白，而是七海。

在那之後，逐漸累積在一起的時間，有時即使吵架了仍不斷縮短心的距離。終於發展到進彼此的房間，接吻、身體接觸，然後也會有第一次的經驗。

「……」

腦海中，躺在床上的七海凝視著自己。

「……啊～～！我在想什麼啊！」

空太猛烈搖晃腦袋，甩開不正經的妄想。

自己到底在對表明情感的七海想些什麼啊？

空太對自己的不純潔感到厭惡。

「……不過所謂交往，就是這麼回事吧。」

逐漸冷靜下來的空太有所領悟般脫口而出。

不能排除這些來思考。

他回想起仁說的話。

——如果是青山學妹，即使覺得難為情還是願意盡力做各種事吧。

「各種事是什麼啊……」

完全被沖昏頭了。

空太試圖冷靜下來，走出飯廳前往庭院的方向。

把腳伸直在邊廊坐下。

雖然今天白天寫下夏季的高溫紀錄，不過太陽下山後又急速恢復涼爽。冷風吹過腳邊。

過了一會兒，後方傳來像是巨大物體倒下的撞擊聲。

空太感到疑惑而轉過頭去，發現真白倒在地上，一副像是正在曬太陽的海狗的樣子。

「哇、喂！」

空太慌張起身，回到屋內衝向真白。

「喂、喂！椎名？」

他呼喚著抱起真白。

她突然怎麼了？身體不舒服嗎？傍晚到房裡來的時候看起來明明沒有異狀，甚至感覺心情很好，身體狀況也很不錯。

該不會是生什麼病吧？空太腦中淨是浮現不好的想法，逐漸沒了表情。

就在這時——

「呼……呼……」

傳來平穩的睡眠呼吸聲。

「啥？」

「呼……呼……嗯～～」

「只是在睡覺？」

「嗯～～」

「不要用呼吸聲回答！快起來，椎名！」

空太有些粗魯地搖晃她的肩膀。不這麼做的話，現在的她大概不會醒。

「……什麼事？」

真白微微睜開眼，以茫然的眼神往上看。

「還問什麼事，妳才是突然怎麼回事吧！這裡可是飯廳喔？」

真白面向右邊，接著轉向左邊……還以為她會這麼做，結果中途就放棄而閉上眼睛。

「呼……呼……」

不到一秒又傳來睡著的聲音。

「不准睡！」

「空太，好吵。」

「要睡就回房間去睡。」

真白稍微思考一下。

「不能睡喔。」

然後做出如此奇怪的回應。

「妳剛剛明明就睡著了吧？」

空太忍著頭痛問道。

「分鏡稿還沒完成。」

今天大概也是畫漫畫直到快睡著吧。明明就要考試了，真白卻完全不做準備。

「妳一直沒睡嗎？」

從她的樣子看來，該不會從昨晚就幾乎沒睡了吧。

「肚子也餓了。」

「所以才離開房間的嗎？」

「然後就被空太罵了。」

「中間省略太多了吧！」

算了，總之是因為用盡力氣而睡著了……似乎是這樣。

空太用力拉起真白，讓她坐在椅子上，接著把年輪蛋糕遞給她。

真白慢慢吃著。

「那個吃完以後，就去刷牙睡覺吧。」

「我要做分鏡稿。」

「……」

這就是不管說什麼都沒用的狀況。

即使嘴裡吃著年輪蛋糕，意識還是放在漫畫上。對空太也幾乎只是以自然反射回答，到了明天大概就會完全忘記現在的對話吧。

「妳真的很厲害呢……」

「……」

她已經沒在聽空太說話。

要是跟這樣的真白成為男女朋友，會是什麼樣的感覺呢？空太試著想像這樣的未來光景。

「……」

然而不知為何，想像沒辦法繼續膨脹。

對象是七海的話就能自然描繪出的光景之中，沒辦法將真白放進去。

「咦……？」

就連不重要的互傳簡訊也是。

「嗯……？」

還有吃著女朋友做的便當也是。

「……」

甚至是假日的約會……全都是隱隱約約、模糊不清。

「……為什麼？」

胸口正中央不舒服地刺痛，類似焦躁的情緒急速膨脹擴大，心中開始不安地騷動。

腦袋裡頭有人說著不妙。

那是空太自己的聲音。

「不，給我等一下……」

並沒有誰在催促空太，但有種不得不快一點的感覺，從背後整個覆蓋上來襲向空太。

他拚命壓抑動搖，鼓勵自己不要緊，然後思考著。

至今都是怎麼看待真白的呢？

對真白有什麼樣的感覺呢？

對真白逐漸發展出什麼樣的感情呢？

兩人相遇是在一年前的四月。

藝大前站的公車總站長椅上。

空太受千尋拜託而到那裡接人。

在那裡等著的，是純白的少女……也就是真白。

就像出現在故事當中的妖精般飄渺的存在。

空太的目光一下子被奪走，那天內心就受到了吸引。

然而當時空太所看到的，不過是椎名真白這個人的一小部分。他之後才徹底了解，那只不過是表面而已。

她對於自己擁有受到世界級評價的繪畫才能，既不驕傲也不滿足。不拘泥固執於自己的地位，即使必須從零開始，依然筆直朝向決定前往的漫畫家之路，並且漂亮地出道，現在甚至已經在月刊雜誌上連載作品。

不害怕努力，對挑戰不感到猶豫。即使不行，還是能立刻爬起來，永遠抱持面對自我可能性的勇氣。

對於真白這樣的姿態，空太一再受到感動而為之傾心。

自己也開始想要做些什麼。

讓猶豫著不知該不該去挑戰目標，什麼也做不成而鬱鬱寡歡的空太覺醒的，正是真白。

遙遙領先的狀態，讓空太就連她的背影也看不見。

空太希望總有一天能追上真白，現在也還在拚命掙扎，卻完全追不上。即便如此，還是想以她為目標。

人們如何稱呼這樣的存在呢？

以什麼樣的字眼形容這種情感呢？

「……」

答案已經沉睡在空太心中。

——憧憬。

化為言語意識到的瞬間，空太感覺自己開始沒了血色。即使不看鏡子也知道自己臉色鐵青，幾乎不用觸碰就能感覺臉頰的冰冷。

——不過，你會錯意了。

現在終於知道千尋為什麼會那樣說了。一切終於連結起來了。

「所謂的會錯意，是指這件事嗎……」

空太冒出乾渴沙啞的聲音。

「空太？」

似乎已經把年輪蛋糕吃完的真白，盯著空太。

她的聲音聽來異常遙遠。

她站在以一面透明牆隔開的另一端的世界——這種錯覺迎面襲來。

——我對椎名只是憧憬而已嗎……？

而自己一直誤以為這是戀愛嗎？

空太陷入彷彿突然掉進陷阱的絕望心境。

眼前被一片黑困住。

「空太好奇怪喔。」

真白歪著頭，聽來心情很好的聲音已經無法傳進空太耳裡……

第二章

愛慕之心向北而去

1

由於比平常更認真準備考試，因而有相對成就感的期中考結束後，很快來到教育旅行當天。

天氣晴，氣溫最低15度，最高22度，白天不穿外套也沒問題。昨晚看的天氣預報說，旅行目的地北海道的天氣在教育旅行期間，大致上也都不錯，至少不會下雨。

走出玄關時，空太先將裝了四天三夜行李的包包放在地上。

「那麼，就拜託你們看家了。」

他對送自己、真白和七海到門口的伊織與栞奈如此說道。

「有我在就不用擔心喔，學弟！」

只是率先回應的人，卻是住在隔壁的人妻女大學生。雖然有很多話想抱怨，不過要是一一列舉出來就會沒完沒了。

「伊織跟栞奈學妹，拜託你們看家囉。」

空太再次叮嚀兩人。

「要小心門戶喔。」

七海如此補充。

「儘管交給我吧！」

伊織自豪地拍拍胸脯。

「好的。」

相對的，栞奈則是語調平淡。

「貓咪也拜託你們幫忙照顧了。餵食的話……」

「早晚共兩次，對吧？」

栞奈有些不耐煩的樣子，率先開口。

「昨天已經聽學長講十次了。我又不是會偷窺女子宿舍浴室的笨蛋，說一次就夠了。」

「妳是在說誰啊？」

似乎就連伊織也知道那是在說自己。

「真教人意外，還以為你不會發現呢。」

「我就趁這個機會說清楚，妳對我的態度是怎麼回事？是人該有的樣子嗎？」

「我就趁這個機會說清楚，我已經從空太學長那邊獲得可以痛罵你的許可了。」

「我不記得我有准過！」

「這是抒發壓力的新方法。」

栞奈泰然自若地說出意想不到的話。

「就是這樣。姑且請你多多指教。」

因為今後也會持續痛罵伊織，栞奈大方地向他打了招呼。

「算了，這倒無所謂，不過……」

「竟然無所謂！」

「無所謂嗎！」

空太與七海異口同聲。

「不過什麼？」

栞奈並沒漏聽伊織含糊不清的話。

「那對我有什麼好處？」

「可以跟女孩子說話。這樣就夠了吧。」

「嗯，聽起來是有道理。」

伊織一臉嚴肅地點點頭。他究竟擁有什麼樣的價值觀呢？

「不對，等一下！」

是察覺自己很怪了嗎？

「所謂的女孩子，指的是像美咲學姊這種的！」

他直指著美咲的胸部。

「妳頂多算是幼女……好痛！」

話還沒說完，栞奈就用腳跟踩伊織的腳。

「好痛！好痛！」

抱住右腳的伊織跳個不停。

「總之，你們兩個要好好相處啊。」

明知道沒有用，空太還是叮嚀兩人。空太等人不在的期間，他們還是會像這樣吵個沒完吧。教育旅行千尋也要率隊，似乎會派另一位老師過來……不過實在不覺得那會有抑制的力量。

「神田同學，我們也該出發了。」

七海提起原本放在地上的大包包，真白也用雙手提起咖啡色旅行用包包。

現在的真白看來沒什麼精神。雖然她原本就不是會因為活動而感到興奮的個性，不過完全沒有現在正要出發去教育旅行的高中生氣息。

「小真白，怎麼了？」

察覺到的美咲率先問道。

「……」

接著，真白直盯著空太，眼眸正訴說著什麼。

「幹、幹嘛啊？」

「……沒事。」

不管怎麼看都是一副有話想說的態度。

然而，雖然明知道這一點，空太卻也沒再追問。因為他對真白的變化心裡有數……追根究柢，是因為空太的改變。

──我對椎名只是憧憬而已嗎……？

在心中萌芽的這個想法，即使期中考結束，甚至到了教育旅行當天，仍穩穩端坐在空太心中，導致胸口存有芥蒂。

因為這樣的情緒影響，從那天以來，空太就變得無法直視真白。

早上即使在飯廳碰到面……

「空太，早安。」

「……喔。」

空太也假裝要將牛奶倒到玻璃杯裡，把目光別開。

把真白忘記帶的便當送去給她時……

「椎名，拿去。」

「我要跟空太一起吃。」

「啊，我午休有點事……」

他就將視線移向窗外，明明沒事卻說了謊。

夜晚，真白來到空太房間時，空太就會說「我先去洗澡了」、「我去廁所」、「去吃宵夜吧。嗯，就這麼辦」，為了縮短兩人獨處時間，特意試著做了一些奇怪的事情。

當下雖然覺得順利敷衍過去，不過事後回想，就會覺得太過冷淡。空太這樣的不知所措，真白也感受到了吧。

不久前的真白還每天都很興奮的樣子，現在已經完全不復見，一點也沒有開心的氛圍。

她與空太保持一定的距離，沉默地釋放出訊息。

「那麼，我們走吧。」

即使抱著不舒暢的心情，空太還是將沉重的包包背上肩。

集合地點是水高的校門口，然後搭巴士到機場。

正要跨出腳步時，櫻花莊的門被打開了。

所有人的視線全集中在玄關口。從裡面走出來的，是個令人極度意外的人物……龍之介。

上半身是長袖T恤，下面則是牛仔褲，還有一個推測應該放了四天三夜換洗衣物的包包。另外還拿了一個收納筆電的耐久提盒。

「赤坂？」

「神田，才一陣子不見就忘了我的長相嗎？真是個無情的男人啊。」

龍之介不理會驚訝的空太，快步往學校方向走去。

「那就是住在１０２號室的赤坂……學長？」

雖然住在同一間宿舍，卻是第一次看到龍之介的栞奈有些茫然。

「原來真的存在啊。」

「我可是第二次看到了呢。」

不知為何，伊織一副很驕傲的樣子。

「等等，赤坂！」

龍之介在幾公尺前停下腳步。

「你要去教育旅行嗎？」

至今空太不知約龍之介一起去教育旅行多少次了，每次都得到「不去」、「無聊」、「死心吧」的回應。而且……

——空太大人是同性戀嗎？

最後還受到女僕殘酷的對待……

看來天要下紅雨了。

「神田不去嗎？」

「要去啦！我當然要去吧！」

「既然這樣，動作最好快一點。快趕不上集合時間了。」

「被你這麼一說，不知為何就冒出很多疑問！」

「誰理你。」

龍之介完全不給空太質疑的時間，一個人先走了。

「啊～～真是的，總之我們這次真的要出發了。」

空太慌張地向伊織與栞奈這麼說。

「我們走了。」

同時也向美咲打聲招呼，便與真白、七海一起追上龍之介。

「慢走喔～～！」

途中一度回過頭，便看到美咲跳著用力揮動雙手。

2

前往北海道的飛機，從羽田機場起飛後過了約一個小時又二十分鐘。

──本機即將抵達新千歲機場。

總覺得靜不下來的機內，傳來事務性的廣播，接著又以英文重複同樣的內容。

稍早之前還飛在雲層更上空的機體，已經下降不少高度。

一眼望去是舒服寬敞的平坦大地。天氣也很晴朗，視野良好。

廣闊的田園；填補空間似的茂盛翠綠樹木；偶爾可見無限延伸的筆直道路，還有森林……

還沒看到像機場的地方，大概還要一陣子吧。才正這麼想，飛機又更急速下降。

緊接著是著陸的衝擊迎向空太。

「唔喔！」

煞車的加速度將身體強壓在椅背上，機體喀噠喀噠搖晃。

速度慢了下來，一聽到已經抵達新千歲機場的廣播，載著水高學生的飛機機內立刻被興奮的氣氛包圍。接下來就要正式開始教育旅行了。

在這當中，從空太隔壁傳來冷靜的聲音：

「到了啊。」

一臉不在乎坐著的人正是龍之介。他似乎在羽田一上飛機就開始熟睡，抵達同時醒了過來。

完全不受周遭興高采烈的氣氛影響，理所當然地不會看現場的氣氛。既不像來教育旅行的高中生，也沒有這樣的情緒。

這樣的想法似乎已經寫在空太臉上。

「幹嘛一臉痴呆？」

龍之介這麼說了。

「我對你那像是出差慣了的上班族的態度，真是感到佩服啊！」

話雖如此，以龍之介的狀況來說，光是現在出現在這個地方就已經近乎奇蹟了。

空太到現在還不敢相信。

「赤坂，你怎麼會改變主意？竟然突然來參加教育旅行。」

就空太而言，當然很慶幸小組裡頭不會只有自己一個男孩子；以友人身分而言，能夠一起來參加教育旅行本來就很開心，只是總覺得很在意原因。

因為很難想像龍之介會毫無理由來參加教育旅行……

「是你叫我來的吧。」

「因為被我糾纏不休的邀約打動了嗎？」

「是覺得很煩。」

「我想也是啦！」

畢竟龍之介中途就交給女僕來應付空太。

「那又為什麼會來啊？」

空太不死心又問了一次。

「……」

接著，龍之介罕見地出現在考慮用字遣詞的樣子。

「一時興起。」

他頓了一下，說出了冷淡的理由。這樣應該沒有刻意思考的必要吧。正因如此，空太更覺得應該有什麼原因才對。

正猶豫要不要打破沙鍋問到底，飛機已經銜接上航站，從前面開始依序下到機場。

有許多學生因為踏上北海道的土地而發出興奮的聲音。

然後老師們要求學生注意音量。這就是標準的高中生教育旅行的情景吧。

會走在通道上還一邊用平板電腦看新聞的，就只有龍之介。

水高的學生以小組為單位集合，並且各自開始活動。

接下來就是所謂的小組行動。

有小組想繼續在機場探險一下，也有小組馬上就物色起伴手禮。為了到札幌而打前鋒到車站的小組，已經從機場大廳消失蹤影。

空太帶著龍之介，先與同組的三名女孩子……七海、藟與彌生會合。這五個人是F組。

「那麼，我們也走吧。」

按照事前規劃的行程，空太等人也要先去札幌市。計劃要去看鐘樓、大通公園、札幌電視塔等必看的觀光景點。

「是～～沒有異議！」

嬌小的繭發出朝氣十足的聲音。

空太等人就此依循導覽看板前往車站月台。

跟著電車晃了三十分鐘之後抵達札幌車站。

途中田野遼闊，彷彿詩歌的純樸景色一下子轉變，車站周邊是方正建築物林立的都市景觀。比鄰而接的車站大樓十分漂亮，只看這裡的話與首都圈幾乎沒有兩樣。交錯而過的人群也一口氣激增，一個不留意，幾乎就要在車站裡跟其他人相撞了。

「不同於機場周邊，還真是熱鬧啊。」

繭率直地說出感想。

穿過剪票口後，空太暫時停下腳步，與大家確認接下來的活動。他移動到不會妨礙到他人的牆邊，七海、繭與彌生也跟著空太。

「我要直接去飯店了。」

然而只有龍之介如此宣言，並快步走過他們身旁。

「赤坂同學，現在是小組活動的時間喔！」

雖然七海提醒他，不過他並不是會就這樣停下腳步的人。他假裝沒聽到，混進人群之中，立刻就看不到人影了。

這時——

「啊～～真拿他沒辦法啊。彌生，我們去追赤坂同學吧。」

連繭都這麼說了。總覺得她這番話唸起來很僵硬。

「說得也是。真沒辦法，在這裡先兵分兩路吧。」

彌生也刻意同意繭的提案。

「等、等一下啊，妳們兩個！」

繭向慌張的七海眨眼打信號。才正這麼想，她又突然來到空太面前。

「神田同學，七海就拜託你了！」

然後如此強力說道。

「繭、繭？」

「那麼，我們走吧，彌生。」

趁著空太與七海還沒回過神，繭就立刻牽著彌生的手去追龍之介了。兩人的背影也消失在人群中。

「……」

「……」

做到這麼露骨的程度，就連空太也明白藺與彌生的企圖。大概是想幫七海一把吧。龍之介的單獨行動也許是意料之外，不過從這兩人俐落的手法看來，她們說不定一開始就試圖製造這種狀況了。

「真、真是抱歉呢，竟然把神田同學扯進來。」

「啊，不……」

「雖然我已經叮嚀她們不要多事了……果然還是不行啊。」

七海發著牢騷。

「算了，至少我們就按照計畫活動吧。」

不希望話題繼續拖下去的空太如此提議。

「嗯。」

七海帶著笑容回應。

根據旅遊書的資訊，知道第一個目的地鐘樓就在距離札幌車站徒步十分鐘的地方。

空太與七海相信書上的資訊，並肩走出車站。

雖然剛才覺得這裡跟首都圈沒兩樣，不過實際走在街上就會覺得還是有些不同。

相對於首都圈，這裡的區域劃分井然有序。街道方方正正延伸並排，筆直平坦的道路幾乎沒有坡道或彎道，一眼望去還能看到道路遠端的另一頭。

還有，空氣也完全不同。機內廣播說今天札幌的最高氣溫是二十度，跟首都圈差不多，但肌膚的感覺卻非常乾爽。大概是因為溼度較低，而且據說這裡沒有梅雨季。真是讓人羨慕。

「真是不可思議呢。」

並肩而行的七海突然這麼說了。

「嗯？」

「竟然會跟神田同學兩人走在遙遠陌生的街上。」

「嗯，我能理解妳說的。」

確實是很奇特的感覺。陌生的街道、不相識的人們。雖然覺得不踏實，唯獨七海是熟悉的。即使感到不安，安心感卻就在身旁。心神不定與兩人一起冒險的興奮合為一體。

如果規矩地以小組行動，大概不會有這種感覺吧。

「多虧赤坂，開始覺得像教育旅行了。」

「是啊……不過，太好了。」

七海說到一半幾乎像在自言自語。

「什麼東西太好了？」

「並不是只有我有這種感覺……」

大概是才說完就覺得不妙，七海立刻轉移話題：

「啊，下一個十字路口是不是要轉彎了？」

空太確認地圖，確實已經來到鐘樓附近。

沒穿越十字路口，直接右轉，目的地白色建築物就在眼前。

因為突然看到普通的商業區，或者該說像是辦公區的地方，瞬間忍不住懷疑是不是這裡。

不過，一腳踏進腹地抬頭一看，正是那個有名的鐘樓。

尖尖的屋頂，巨大的文字盤。

現在正好沒有其他觀光客，空太與七海得以獨享鐘樓。

兩人就這樣仰望著鐘樓一會兒，後方有人逐漸靠近的氣息。

「嗚哇～～這就是鐘樓啊～～！好棒，就在街道中間耶！好厲害～～！」

這愚蠢興奮的聲音好像有些耳熟。

空太與七海對看了一下。

彼此的眼神說著：「剛剛那個聲音……」

空太心想不會吧，回過頭去，發現果然沒錯。

不知為何，早上才在櫻花莊玄關目送空太、真白與七海三人出門去教育旅行的伊織，正張著嘴露出一臉痴呆的表情，看著鐘樓的時鐘。

「伊織？」

「伊織學弟？」

空太與七海同時發出驚愕的聲音。

「啊，學長！」

馬上綻放笑容的伊織跑了過來，身上穿著幾乎可說是家居服的休閒便服，平常的耳機也確實戴著。

空太還沒問他出現在這裡的原因，他便說道：

「學長姊現在是教育旅行約會嗎？」

「這、這不是啦……」

兩人獨處從旁人眼中看來，也難怪像……或者該說，看起來只會覺得是在約會吧。情侶的北海道之旅……

「因、因為小組的其他人都太任性，才會偶然變成跟神田同學兩個人一起！所、所以，這個不是那種……」

「真好啊，我也好想跟女朋友約會呢～～」

伊織完全沒把空太與七海的藉口聽進去。

「話說回來，為什麼伊織會在這裡啊？」

雖然多少能夠想像……會做出這種驚奇特技的人物，空太只認識一個。

空太開始頭痛的時候——

「喔，是學弟跟小七海！」

隨著這陣聲音，美咲以跳躍般的腳步跑了過來，在她身後竟是一臉疲累的栞奈。

「是美咲學姊帶我們來的。哎呀～～北海道的空氣還真是清新啊～～！哎呀～～真的是太棒了呢。」

今天是平日，週一。從伊織身上感覺不到一丁點豪邁地翹課的罪惡感，甚至讓人覺得他似乎比空太還要享受北海道之旅。

「看來似乎是這樣……」

身旁的七海露出疲倦的表情。

「學弟跟小七海的情緒太低沉了喔！」

「美咲學姊倒是很亢奮呢……」

「因為這可是教育旅行啊～～！」

「才不是妳的教育旅行！」

「自己偷偷跑來教育旅行，學弟真是太見外了！」

「學姊的教育旅行是去年吧！」

早上還說著「慢走」送自己出門，那又是怎麼回事？

「如果你以為我只參加一次就會滿足，那可就大錯特錯了！」

「請務必這樣就滿足啦！」

「不可能！」

美咲極具男子氣概地說完，接著又發號施令：

「走囉，小伊織！」

然後迅速闖進鐘樓，伊織則是忠實地跟在她身後。竟然能夠跟上那種情緒，看來伊織也不容小覷……

空太、七海與栞奈三人留在原地。

「栞奈學妹沒必要跟來吧。」

「我並不是想來才來的。送學長姊們離開後就莫名其妙被載上車，然後就到了機場……」

她鬧彆扭般噘著嘴。

「什麼也沒帶……連錢包也沒有就被帶過來了。」

「嗯，我想也是。全都是美咲學姊的錯。」

空太也有過類似的經驗。曾經因為想吃拉麵就被帶到札幌這裡；又被邀約一起去吃章魚燒，然後花了八個小時開車到大阪，所以空太感同身受，能夠理解栞奈的心情。

七海露出僵硬的表情，大概是想起為了吃什錦麵而被帶到長崎的往事吧。

就算變成大學生，即使成為人妻，甚至姓氏由上井草變成了三鷹，美咲是外星人的事實，看來並沒有任何改變。

「算了，既然都已經這樣了也沒辦法，栞奈學妹就好好玩吧。」

「好的。」

栞奈的回應顯得不情願。也許跟伊織不同，還在意翹課的事，也可能只是還沒從遇到美咲這個外星人的打擊中恢復而已……

「啊。」

這時，空太想起了一件重要的事。

「怎麼了？」

七海微微歪著頭感到不解。

「貓咪怎麼辦？」

原本拜託伊織與栞奈在教育旅行這四天照顧貓咪。然而，現在兩人都在札幌市……這樣就沒辦法餵貓了。

「關於這件事，我剛剛已經打電話拜託神田同學了。」

栞奈的態度說明了被請託的事一定會負起責任做好，不愧是在入學典禮代表新生致詞的優等生，做事萬無一失。

「這樣啊，那就好。」

話雖如此，倒是不太能信任優子。

看看時鐘，已經是下課的時間。

空太拿出手機打給妹妹。

才響起第一聲鈴聲，手機那頭立刻傳來優子的聲音。

『哥哥！貓咪們為了吃飯，都往優子衝過來了啦！嗚哇、等一下！馬上就給你們啦～～！』

空太不發一語地將手機移開耳邊，冷靜地掛掉電話。

看來優子似乎做得很開心。

空太把手機收進口袋，然後向等待回應的七海與栞奈報告：

「嗯，好像沒問題。」

付了入場費，空太等人也跟在美咲他們之後進了鐘樓。內部的空間展示著鐘樓與開拓北海道的相關歷史資料。

彷彿圖書館般安靜，就連外面大馬路上汽車的噪音，也莫名不感到在意。

眾人在裡頭繞了一圈觀賞展示品。

木質地板踩起來會吱嘎作響，感覺與櫻花莊的走廊有些相似。

「好像會聯想到櫻花莊呢。」

碰巧七海如此說道。

空太自然露出笑容。

「咦？什麼？我說了什麼奇怪的話嗎？」

「不，只是我剛好也這麼覺得。」

「什麼啊，原來是這樣。」

這種狀況實在令人難為情。

空太移開視線想瞞混過去，剛好與晚幾步跟上來的栞奈目光對上。

她一副有話想說的樣子。

「幹嘛？」

「我可以說嗎？」

「早知道就不要問了。」

「兩位的對話就像情侶呢。」

「結果還是說了嘛！」

「我接下來預定要創作戀愛小說，這樣很有參考價值。」

栞奈走過空太身邊，小跑步爬上通往二樓的樓梯，完全不給空太辯解的機會。多虧如此，現場留下了奇特的尷尬氣氛。

「……」

「……」

「我、我們也上去吧。」

「嗯、嗯。」

今天好像淨是這種狀況……

鐘樓的二樓是沒有門檻或屏風的寬敞空間。

挑高的天花板具開放感，前方設置了播放資料影片的螢幕，栞奈不經意看著。伊織從牆上的窗戶看著外面的景緻，喃喃喊著：「咦～～」「哦～～」

美咲則是直盯著放在房間角落的時鐘原尺寸大資料。

空太為了掩飾尷尬，離開七海移動到美咲旁邊。

現在正用數位相機拍下資料。

「美咲學姊，妳顯然玩得比我們還要開心呢。」

「學弟不開心嗎！」

「我也玩得很開心啊。」

不過，空太有不能光顧著開心的理由。教育旅行結束時，必須找出重要的答案。

那就是與真白及七海的約定。

「美咲學姊。」

「什麼事啊？學弟。」

「所謂的喜歡，究竟是怎麼一回事啊？」

空太認真地說完，美咲便將目光從資料上移開，直率地凝視空太。接著，溫柔地笑了。

「這種事問學弟的這裡就知道了。」

她說著戳了戳空太的胸口。胸口中間撲通撲通跳動著。

「可是我根本什麼都還沒掌握，也還沒抵達任何目標。這樣的我即使跟某人交往，也不知道是不是能好好珍惜對方……」

「誰管你啊！」

「咦咦？」

突然就被罵了，空太不禁感到驚訝。

「學弟太嫩了！」

「為什麼我會被臭罵啊……」

實在搞不懂。也許是找錯商量對象了。

「小真白跟小七海想問你的，才不是這種東西。」

語氣突然轉為柔和的美咲露出溫和的表情。

「不然又是想問什麼呢？」

空太不懂美咲說的，便如此回問。

「她們兩個想知道的是……」

「她們想知道的是？」

「喜歡或沒有喜歡……只是這樣而已喔。」

椰頭直擊腦門。美咲若無其事說出口的話，具有這樣的衝擊性。

確實正如美咲所說。

「要是因為其他理由而被甩，誰受得了啊。」

雖然很胡來，不過美咲總能說出正確的道理。

「美咲學姊真的很厲害呢。」

「哪裡很厲害？」

「不管什麼時候都很帥氣。」

到現在才被迫察覺自己弄錯思考的順序了。比起任何事，最應該思考的是自己的心意究竟向著誰。

喜歡或沒有喜歡。

應該弄清楚的就是這一點。

只要忠於自己的心意就好了。

「學弟，要胸懷大志喔！」

美咲敲了空太的胸口。

「我不懂妳的意思。」

只是她在鼓勵自己的這一點，倒是強烈地感受到了。

「好～～要去下一個地方囉！小伊織、光屁股！」

美咲呼喚伊織與栞奈。

「請、請不要用那個綽號！」

栞奈慌張地反駁。

「咦～～可是很適合妳耶。」

正因為是事實，所以才不願意吧……

不知為何，栞奈在這時向空太投以銳利的視線。

「我現在有穿。」

她按住裙襬如此說道。這到底是什麼樣的關係？

「那麼，叫筆電（註：與「沒穿內褲」日文音近）？」

美咲大大歪著頭。

「也請不要這樣叫我。」

「不然就叫褲褲吧！」

好像已經不只是差一點點，而是完全出局了。還是該脫離內褲的話題比較好……

沒想到——

「聽起來很像熊貓的名字，倒是無所謂。」

栞奈卻一副這稱呼未嘗不可的樣子。

「不，我覺得不要這麼叫比較好吧。」

空太姑且幫了腔，實在不忍心目擊學妹在公眾面前被稱做褲褲。

「為什麼？」

「因為要是有邪念的人，絕對會有奇怪的幻想。」

「會知道這一點的空太學長，也正在做邪惡的幻想吧。」

冰冷的視線刺了過來。幫助別人卻受到這種對待，實在令人無法接受。

「好啦，這是最後一個了！就決定叫長谷褲吧！」

雖然很像某電視台的主播，不過至少是守住了最基本的尊嚴，即便最後還是脫離不了內褲就是了……

「那麼，就請用這個綽號吧。」

舒了口氣的栞奈側臉，明顯露出疲勞的神情。以美咲為對象，這也難怪，甚至覺得她算是很努力了。

「那麼，我們就愜意地兜風到旭川，去看白熊吧！跟我來吧～～小伊織、光屁股！」

「剛剛不是才說要叫做長谷褲的嗎！」

栞奈的吶喊空虛地在寬敞的室內迴盪。

「熊就是熊，白色的熊～～」

美咲哼著謎樣的歌，飛奔衝出鐘樓。伊織也跟著唱和，跟上美咲的腳步。

「我已經受不了了……」

即使感到頭痛，似乎也想不到跟上去以外的選項，於是栞奈也跟著兩人的腳步走了出去。

三人離開後，鐘樓的二樓終於恢復安靜。真慶幸二樓沒有其他遊客。

「我們也走吧。」

「嗯。」

空太與七海也來到外頭，準備前往大通公園，美咲駕駛的深藍色油電車正好從眼前的路上呼嘯而過。

「呀喝～～！白熊～～！」

美咲的吶喊聲迴盪在札幌市內。

「剛剛的就當作沒看到吧。」

「是啊。」

就這一點來說，空太與七海也是意見一致。

3

大通公園就近在咫尺，從鐘樓出發一條直線道路就到了。

橫貫馬路中心的是綠草如茵的草坪，四處點綴著噴水池與雕刻，色彩繽紛的三色堇盛開。人們愜意地在長椅上放鬆，或是坐在噴水池旁吃著從商店買來的玉米，度過悠閒的時光。

空太與七海感受著如此溫和的氣氛，往聳立在眼前的札幌電視塔走去。

時間即將來到下午四點。

夕陽西下，吹撫著大通公園的風一下子冷了起來。

剛下新千歲機場的時候，還是只穿一件長袖T恤走路就會流汗的好天氣，現在卻已經開始感覺到冷。

尤其是走到沒有太陽的暗處，體感溫度便會驟降。

只穿著淺色襯衫的七海，不時感覺很冷似的搓著雙臂。

「我有帶外套，借妳穿吧。」

「咦？不、不用啦……哈啾！」

「……」

「……」

「我有帶外套，借妳穿吧。」

空太彷彿RPG的街道居民角色，重複著同樣的台詞。

「那、那就拜託你了。」

終於改變主意的七海，這次老實地回答。

空太從包包裡拿出拉鍊式的連帽外套，遞給七海。

七海有些猶豫的樣子。

「這我有好好洗過，不用擔心。」

「不是啦，神田同學不冷嗎？」

「我好歹也算是男孩子啦。」

「謝謝……你在我心目中是道地的男孩子喔。」

「……」

「抱、抱歉！我在說些什麼啊。」

七海慌張地穿起空太的外套，想搪塞過去。不過大概是內心動搖，手臂始終穿不進袖子。

「妳在幹什麼啊……」

空太抓住她的肩膀，幫她穿上外套。

「謝、謝謝。」

畢竟是男裝，所以大了一點，與七海的衣服也不太搭。

不過，七海看起來很滿足。

就在這時，有個熟悉的聲音插了進來。

「神田同學～～！」

在斑馬線另一頭猛揮著手的，正是深谷志穗。她與真白同樣是美術科的學生，旁邊也看得到真白的身影。她們大概是同一組吧，另外還有三個學生也在一起，全都是女孩子。看來美術科似乎是依男孩子與女孩子個別分組。原本男女生加起來只有十個人，眼前的女孩有五個，算起來另一組就只有男孩子了。

綠燈亮起，雙方各自走了一半的斑馬線後，短暫會合。

志穗的視線在空太與七海之前來去，大概是對只有兩人一起行動有什麼想法，況且七海還穿著空太的外套。

不過，實際上志穗開口說的，卻是完全不同的事。

「神田同學，你們正要去電視塔嗎？」

志穗轉向背後的電視塔。

「是啊，妳們是剛去過正要離開吧。」

「嗯，接下來要去附近的美術館！」

志穗的好心情比平常增加了兩成，似乎很享受教育旅行。

「不愧是美術科。」

「就是啊就是啊。」

這時，號誌燈開始閃爍。

「哎呀，是該分開的時候了呢。」

志穗再度誇張地揮揮手，與真白穿越斑馬線。
空太與七海也小跑步到對面。
回過頭去，發現真白正看著這裡。
兩人四目相交。空太莫名心虛，快速別開視線。
路口穿梭的車輛逐漸隔開兩人。
接著，綠燈再次亮起時，真白已經不再望向空太，只剩下與其他美術科同學一起逐漸遠去的背影。
「……」
「那個，神田同學。」
「什、什麼事？」
因為正在想事情，被七海呼喚時不禁動搖。
「你跟真白之間發生了什麼事吧。」
「什、什麼事是指？」
「從期中考之前開始……就怪怪的。」
「……」
並非沒發生什麼事，要說有也確實是有。不過不是直接發生了什麼事，所以或許也算沒事。

只不過是空太察覺了某件事。

原以為對真白的情愫是戀愛……結果那也許只是對「堅強得能一步步確實朝目標前進」的真白感到憧憬而已……

「沒事。」

「真的嗎？」

「沒事。」

「……那就好。」

七海其實一點也沒辦法接受，聽聲音就知道了。不過，彼此不再繼續談論這件事。

七海反而拉著空太的袖子，用開朗的語調說：

「啊，神田同學，那個。」

抬頭一看，立在商店前的北海道牛奶霜淇淋的旗子正好映入眼簾。七海似乎是想要一起吃的意思。

「青山，我可以問個問題嗎？」

「嗯？」

「妳不是覺得很冷嗎？」

「託神田同學的福，我已經不冷了。」

「我可是有點冷！」

隨著太陽西下，氣溫就好像越來越低，風已經完全變冷了。

「你好歹也算是男孩子吧？」

「可不可以不要幫我降格！」

雖然是沒什麼大不了的對話，但突然與七海目光對上，兩人都自然而然地笑了。好像能懂這種感覺……

今天已經是第幾次了？第幾次都無所謂。與七海之間，應該還會不斷發生吧。

空太突然覺得，像這樣慢慢累積是非常重要的事。

他想起仁所說的一步步變成男女朋友的那番話。

在這一瞬間，空太確實感受到了其中的意思。

買了札幌電視塔瞭望台的票，上面附有剛剛才在店裡吃過的牛奶霜淇淋的半價優待券。

搭電梯到瞭望台時，七海哀怨地看著半價優待券。

「要是先來瞭望台就好了。」

空太也覺得吃虧了，所以對七海說：

「嗯、嗯，說得也是。」

然而，七海的反應卻與想像中的有些不同，而且還更認真地盯著半價優待券。因此似乎可以知道七海在想什麼。

「青山，妳該不會想再吃一次吧？」

空太投以懷疑的眼神。

「這、這種事……」

「這種事？」

「……我是有這麼想。」

七海乾脆坦白。

「不、不然半價優待券不就浪費了嗎？雖、雖然我並沒有那麼想吃啦，喏？」

「我搞不太懂『喏』是什麼意思……」

「沒、沒有啦。我說真的！」

七海還在辯解，這時電梯響起抵達的鈴聲。走進瞭望室時，電梯小姐嘻嘻笑著，實在令人難為情。

「都是神田同學害的。」

「不管怎麼想，都是青山的錯吧。」

「……嗯，是這樣沒錯。」

空太與鬧彆扭想自己先走的七海並肩走出去，目光朝向外面的景色。從機場看得到最早抵達的札幌車站，沿著牆壁繞行便看到剛才走過的大通公園筆直延伸。再繼續繞行，這次則是薄野方向的景色盡收眼底。

在櫛比鱗次的建築物當中，看到了一個東西。

摩天輪。

比之前與七海搭乘的摩天輪還小，即便如此，還是比周圍的建築物大上一圈。摩天輪緩緩地轉動。

「啊！」

七海似乎也注意到了摩天輪，發出驚訝的聲音。

要是現在目光對上，氣氛絕對會很尷尬。空太明知道這一點，卻像是受到吸引般望向七海。

想起那天接吻的事。

意識全被曾經碰觸過的雙唇奪走，空太猛盯著那一點。

「神田同學？」

「咦？啊！」

「你在看哪裡？」

七海露出有些困惑的表情。大概是已經知道答案了，只見微低著頭的七海，臉頰染上櫻花的顏色。

「不、不，不是。」

「不是什麼？」

七海往上看著空太責難。

「沒什麼事。」

「想接吻嗎？」

七海的雙唇大膽地輕聲耳語。

心臟胡鬧般狂跳。

「我、我說啊！」

「可以喔。」

「咦？」

空太驚訝地露出痴呆的表情。

「如果你選擇我，就可以做很多很多次喔。」

「……」

對於不像是七海會有的挑逗，空太不禁茫然張著嘴僵住了。

七海似乎也自覺到做了跟自己不搭的事，眼看臉越來越紅，連耳朵都漲紅了。

「真、真是的，你也說點什麼吧……只有我一個人猛衝，好像笨蛋一樣。」

七海不斷用手搧著臉。

「抱、抱歉……」

話雖如此，要不感到驚慌失措才比較困難。因為七海帶著惡作劇的小惡魔氛圍實在太可愛，導致空太的思考與理性都發揮不了作用……

目光再度被七海的雙唇吸引。

「神田同學，你在意得太過分了……」

「啊、呃……」

「雖然很開心你有在意我。」

「喔、喔。」

「雖然真的很開心……」

怯生生的七海側臉，蘊含了讓空太滿腦子都是她的強大破壞力。已經完全看不到周遭的景色，甚至現在身處何處，對空太而言也一點都不重要。

目光無法從七海身上移開。

「……」

「幹、幹嘛？神田同學，為什麼一直盯著我……」

「……」

七海真的就像個女孩子，對什麼事都全力以赴，面對戀愛也一樣……在空太面前傾全力喜歡空太。空太感受得到七海渾身散發出這份情愫。

其實她應該非常在意回覆告白的事……卻隻字不提，因為顧慮到空太……要是有這樣的女朋友，每天都會很開心吧。一定會很開心。

「真、真是的，你到底怎麼了啦？」

摸著劉海、滿臉通紅的七海別開視線，看來似乎正看著遠方的景色，不過實際上眼眸深處卻沒看進任何東西。

「你、你可不可以講點話啦？」

難為情的動作、羞赧的聲音及泛紅的雙頰，全都讓空太心跳不已。

並不是對任何人都會有這樣的感覺。因為眼前的人是七海，才會讓空太心臟的鼓動不斷高漲，眼裡也只有七海。

為什麼有這樣的情感，事到如今不用想也明白。

應該是在更早之前就已經在空太心中萌芽了。

緩慢地成長茁壯，所以沒能及時察覺。

不，也許內心深處早就注意到了吧。

只不過無意識拒絕說出口。

因為有種預感，要是這種情愫成形了，就會一下子暴衝出來……

然而，事到如今為時已晚。

已經明白了。

——我在不知不覺間喜歡上青山了啊……

這樣的心意在未來一定會更加茁壯。

空太心想未來一定會比現在更無止盡地喜歡七海。

他是這麼想的……

4

空太與七海抵達第一天的小組活動終點——札幌市內的飯店時，已經是太陽西下的下午六點半左右。

從電視塔的瞭望台回到地上的兩人，使用半價優待券又吃了一次霜淇淋，接著參觀了用紅磚蓋成的北海道廳舊本廳舍館內，還逛了北海道大學內的博物館，完成預定的行程。之後才搭路面電車回到飯店。

同樣剛抵達的水高學生們，各自在大廳接受導師的點名。

空太與七海也戰戰兢兢地到坐在沙發上等待的小春身邊。同一組的其他三個人……赤坂龍之介、高崎繭、本庄彌生也必須在一起才行。

「小春老師。」

他們呼喚小春，原本很無聊似的翻著北海道旅遊書的小春抬起頭來。

「呃，我們到了。」

「好，F組這樣就全員到齊了。」

小春用原子筆在夾在手上活頁簿的名冊上註記。

「那麼，拿了行李就到房間去吧。男生在另一邊的別館……」

她指著位於大廳深處的通道。

「女生是在這邊的本館。」

出乎意料的，小春俐落地做著老師的工作。

「因為還有一般客人與其他學校的學生，所以行為舉止要有所節制。知道嗎？」

「知道了。」

接下巴士從機場載過來的四天三夜的行李。

看來小春似乎沒有要責怪小組各自行動的意思，也許其他組也是差不多的情況吧。

「啊，你們兩個。」

兩人正要拿起行李的時候，被小春叫住了。

空太與七海一起等待小春接下來要說的話。

「晚上我會去巡房，不要一起睡喔。」

小春如此說道。

「您、您再說啥啊！」

七海以關西腔抱怨。

「誰會這樣啊！」

遲了一拍，空太也冷靜反駁。

「誰知道～～在跟平常不同的環境下，女孩子會變得比較開放啊。」

「……」

是這樣嗎？空太用視線將單純的疑問丟向七海。

「才、才沒那回事！神田同學也不要看我。」

「女孩子因為好奇心而跑去男孩子的房間一起玩，後來就直接合體了。這種事情還滿常聽說的喔。」

這又是真的嗎？

空太再度向七海投以確認的視線。

「沒聽說過！我剛剛已經說了，神田同學不要看我。」

挨罵了。

「要說我們班上，就屬神田同學跟青山同學最可疑了啊。」

「才、才沒有！」

七海果斷否認。

「就算是很矜持的女孩子，也會被氣氛感染，身體敞開得比心靈還要快喔。」

已經變成單純的下流梗了。

「我、我先回房間去了。」

七海雙手拿起行李，氣沖沖地往電梯的方向消失蹤影。

「那麼，我也要走了。」

「神田同學，我是說真的。」

「什麼事？」

「至少要做好避孕喔。」

「我不是都說了不會有那種行為嗎！老師到底是怎麼看我們的啊！」

「抱歉，說得也是……」

「您能理解就好。」

「你們兩個一直都在櫻花莊同一個屋簷下一起生活，根本沒必要刻意冒這種風險，選在今天做嘛。」

「……老師，發生了什麼事嗎？總覺得老師今天很煩人，緊咬不放。」

空太如此隨意問道。

「你要聽我說嗎？神田同學！」

小春整個人把身子湊過來，緊攬住空太的手臂。年長女性特有的味道掠過鼻尖，手臂被豐滿的胸部夾住，空太瞬間開始飆冷汗。

「最近啊，千尋因為跟和希交往得很順利，所以都拒絕我的邀約啦。你不覺得很過分嗎？」

「既然這樣，老師也去交個男朋友不就好了嗎？」

「對耶～～今天我也在北國的大地變開放好了。」

小春繼續把臉湊近。

「請、請好好加油。」

即使對象是小春，被這樣緊黏著，甚至還將臉湊近到幾乎可以接吻的距離，難免還是會緊張，心跳加速。

「神田同學，你剛剛興奮了吧。」

小春惡作劇般如此說道。

「並沒有。」

為了證明這一點，空太用手把小春的頭推回去。

「討厭，你好壞心～～」

小春發出老師不該有的撒嬌聲音。坐在隔壁沙發上約三十四、五歲的男老師投過來的視線，實在讓人覺得刺痛。

空太拿了行李，逃也似的離開大廳。

穿過通道前往別館。

途中與身穿不熟悉的深綠色運動服的集團擦身而過。似乎是小春說過的別校學生。

餘光看著他們離開，緊接著便來到了電梯前。

空太的房間在七樓。

等待電梯的同時，口袋裡的手機開始震動。

空太拿出手機，確認畫面。讓人驚訝的是，上面顯示剛剛小春才提到的人物姓名。

藤澤和希。

空太懷抱憧憬的電玩開發者之一，出身於空太挑戰的遊戲企畫甄選「來做遊戲吧」，現在不僅活躍於第一線，同時也擔任甄選的評審。

幸運的是，空太透過提報與主題審查的準備工作，獲得與和希熟識的機會，也彼此交換了聯絡方式。

話說回來，和希打來有什麼事嗎？

對於這不習慣的狀況，空太按下通話鍵的手指十分緊張。

「你、你好。我是神田。」

『啊，我是藤澤。好久不見了。』

和希的第一聲就是空太熟悉的溫和聲音。兩人最後交談是在三月中旬，很遺憾，那是在檢討落選的主題審查會時。

「我才是，很久沒跟你聯絡了。」

『現在方便講電話嗎？』

「咦？啊，是。」

這時剛好電梯來了。水高的學生成群結隊湧出，周圍開始喧鬧起來。

『你人在外面嗎？』

吵鬧的聲音似乎也透過手機傳到了遠方的和希那邊。

「是的。其實是教育旅行……現在人在北海道的飯店裡。」

因為也沒什麼好隱瞞的，空太便老實回答。
『喔喔，已經是這個時期了啊。』
和希發出像是有些懷念的聲音。他也是水高的畢業生，也許是想起了當時發生的什麼事吧。
『那我就不打擾你了，改天再跟你聯絡。』
「啊，不，聊一下沒問題！」
空太慌忙叫住準備掛電話的和希。
『可以嗎？』
「要是什麼也沒說就掛斷電話，反而會在意到底是什麼事而沒辦法專心教育旅行。」
這確實是空太的真心話。和希特地打電話過來，實在很難不好奇到底是什麼事。
『原來如此，如果沒問題……』
和希溫和地笑了。
空太離開電梯前，移動到人煙稀少的逃生樓梯方向，背靠著牆做好聽和希說話的準備。
『其實是即將有新的企畫甄選的案子。』
空太聽了心臟激烈跳動。
這不是因為緊張或恐懼，而是對這番話的期待。
『雖然基礎是來自神田同學也熟悉的「來做遊戲吧」，不過「來做遊戲吧」近期有開發費用高漲等問題，記憶體容量縮小化也成了讓人擔心的問題。』

「是。」

『就現狀而言，如果要保障開發費用同時計劃執行企畫，審查方也不得不更慎重。』

「說得也是。」

關於審查有多嚴格，空太已經有經驗。連書面審查都不太容易通過，即使通過了，還有給人莫大壓力的高難度提報在等著。接下來是與其他商品化主題一起走上爭取預算的決戰場……也就是主題審查會將阻擋在挑戰者面前。

『原本「來做遊戲吧」是為了支持嶄新想法與決心的存在，卻受到這種業界或市場的影響，現在已經很難說還有依循這種精神了。』

「所以才會創出新的企畫甄選吧。」

『是的。』

「是什麼樣的形式？」

空太忍不住自己先切入主題。

『雖然是原本就針對資訊科系專門學校做為對象的形式，不過會借出開發機材給通過審查的企畫創意與團隊。』

「團隊……嗎？」

這個單字就現在的空太聽來具有特別的意義。夢想的遊戲開發形式……在成為開發者這個目標的同軸線上，空太強烈希望組成像去年文化祭製作「銀河貓喵波隆」時那樣的團隊。

『就名義上也可以個人參加，只不過必須一個人進行所有開發……也就是設計遊戲、程式、繪圖、配樂等作業，就現實來說幾乎不可能吧。』

「說得也是。」

『與「來做遊戲吧」決定性的不同就在於不會降低開發費用。這也表示硬體製作公司並不居中斡旋工作人員的問題。』

所以參加的條件是團隊。因為必須自己找到工作成員。

『先不談開發費用的問題，因為要找到工作成員有困難度，所以到目前為止，自然會以周邊已整備這種環境的專門學校做為徵求對象。』

「也就是要擴大範圍的意思嗎？」

『是的。排除參加資格的限制，創造出新方案的形式。開發型企畫甄選名稱叫做「Game Camp」。』

空太感覺自己體內逐漸發熱。

身體興奮地訴說著想試試看。

『審查也跟「來做遊戲吧」不同，第一次是「書面審查」，第二次是「簡單的提報、面談及問答」，以這些來判定是否合格。因為審查的門檻設定得比「來做遊戲吧」低，希望能成為更多具創意與幹勁的人的好機會。』

「所以說……」

『如果是曾入選主題審查會的神田同學的企畫，一定會通過。』

「……」

被這樣掛保證，空太咬緊牙關。如果不這麼做，眼淚就會滲出來。

『不過，有一點希望你注意。』

「什麼事？」

『不管是多有趣的企畫，要是被判定「無法製作」，就等於不合格。』

「……」

『以審查方來說，就是要估算這個企畫「有趣與否」，以及這個團隊「能不能製作」。』

「能不能製作啊……」

也許確實如此。如果不是空太找得到的成員們所能製作出的東西，就沒有意義了。紙上談兵是不行的。電玩不是玩創意，而是玩已成為遊戲的東西。

『漂亮地通過審查，也順利開發完成的遊戲，在這個時間點就會被排進主題審查會。』

「咦？」

主題審查會是決定是否商品化的會議。也就是說……

『是的，當然要是通過主題審查會，就會製成商品販售。就製作公司而言，賣這個遊戲然後賺錢才是最終目的。』

和希泰然自若地說出大人的真心話。

『開發費用也會在通過主題審查會時一次支付完畢。只是，如果沒通過就不會撥付一毛錢，遊戲也不會發售。不過最近倒是在討論，是不是至少可以提供開發室的租金就是了。』

「開發室啊……」

總覺得光是聽到這個單字就讓情緒亢奮起來，夢想逐漸膨脹。

『「Game Camp」最大的好處在於不是靠企畫或創意，而是透過實際試玩已完成的遊戲，再做最後的判斷。不過，在完成之前都是做白工，這算是最大的缺點吧……關於這一點，希望是能把這個當成機會豁然接受的人來參加。』

和希就立場而言難以啟齒的事，也都不在意地向空太說明。雖然剛認識和希時他就是這個樣子，不過空太感覺他就各種意義來說，都是個擁有自主意識的人。

不管多細微的事物都有好的一面與壞的一面，而和希就是能切確正視這兩者。不站在任何一邊，而是站在正中間平衡思考、感受，有時選擇用字遣詞，有時在遊戲創意上給予很大的助益。

『大致上就是這樣吧。還有什麼疑問嗎？』

「我確實了解了。實在很感謝你。」

『想說也許你會有興趣，才跟你聯絡……』

空太在和希問他覺得如何之前，便激動地回答：

「我很有興趣！」

『光是聽到你這樣的聲音，這通電話就算有價值了。』

感覺得出和希正拚命忍住笑。

「不、不好意思，我太亢奮了。」

『不，這股幹勁是最重要的。我稍後會把資料用電子郵件傳給你。教育旅行回來之後，你再看一下吧。』

「好的。真的非常感謝你。」

『那麼，先這樣了。』

即使掛掉了電話，空太還是沒有馬上動作。內心輕飄飄的，率直地開心起來。

組成開發團隊，總有一天要設立公司，甚至還開口邀請了龍之介。就在這當下，正好碰到了好機會。當然，空太還有不夠成熟的地方，要實際去挑戰也還存在著很大的難題。即使龍之介加入，繪圖與音效至少也還各需要一個人。

不過，包含這些事在內，全都讓現在的空太心中雀躍不已。

先向龍之介說「Game Camp」的事吧。

光想到這一點，空太巴不得早一秒回到飯店房間。應該已經先到的龍之介恐怕正開著筆電，喀噠喀噠進行程式設計作業吧。

明知沒用，空太還是不斷按著始終不來的電梯按鍵。

接著，迅速搭上終於抵達的電梯。

立刻按下「7」與「關」的按鍵。

門緩緩關上，空太腳邊殘留飄浮感，搭乘的電梯開始往上。

途中在各樓層停下，不斷有人進出。

就體感而言，總覺得到七樓花了有五分鐘之久。

抵達的鈴聲響起，門還開不到一半，空太便跨出電梯。從牆上的樓層平面圖確認房間位置。

這時，他在走廊上約五公尺前……飲料自動販賣機前發現龍之介的身影。

「嗯？」

空太之所以感到疑惑，是因為看到了令人意外的光景。

龍之介並不是自己一個人。

在一樓的通道上擦肩而過的身著深綠色運動服的別校學生一男一女，正與龍之介對峙。

男孩子與空太差不多身形，以髮蠟抓起的髮型讓人印象深刻。感覺像是班上的中心人物，是活潑受歡迎的類型。

女孩子披著及肩長髮，染了明亮的顏色。晶亮的指甲及臉上的淡妝都顯出不俗的氛圍。

乍看之下與龍之介沒有交集的兩人，正在跟龍之介說話。

「你還真是一點都沒變啊。」

「就跟那時一模一樣。」

傳來的聲音蘊含險惡緊張的氣氛。

「你們倒是變了呢。一瞬間我還認不出來是誰。」

聽到龍之介的回應，男學生準備向前逼近一步。

空太反射性動了。

「赤坂？」

他一邊靠近一邊叫喚，穿綠色運動服的兩人一起轉向空太。

他們用打量的眼神觀察空太……

「算了，我們走吧，拓實。」

女學生立刻催促男學生，當場準備離去。

「啊，等一下，麻耶。」

男學生也立刻追上去。

「那是誰啊？」

空太視野一角映著逐漸遠去的兩人，小聲問龍之介。

「國中時認識的人。」

龍之介簡潔扼要地說明。平靜淡然的口氣，感覺也帶著不准追問的意思。雖然很在意，但氣氛實在不容深究。

空太為了轉換心情，說出企畫甄選的事。

「對了，剛剛藤澤先生跟我聯絡，說是好像有新的企畫甄選計畫喔。」

「是嗎？」

一如往常的平淡反應。不過這也在預料之中。只是，空太從其他地方感覺到了意料之外的不平靜。

有人正看著這邊。

空太感到在意而尋找視線的主人，發現剛才的兩人正在電梯前以銳利的眼神注視著這裡。

「……」

空太說了什麼讓他們在意的話嗎？

「拓實，電梯來了。」

兩人搭上電梯。直到電梯門關上為止，兩人都沒把目光移開。而且，感覺他們看的不是龍之介，而是空太。

即使覺得莫名其妙，也不可能找到答案。

龍之介依然故我地迅速走向房間的方向，沒給空太任何提問的機會。

5

分配到的房間是寬敞的雙人房，空太與龍之介兩人住起來綽綽有餘。窗邊擺著偏大的桌子，上面放了顯然不是飯店備品的筆電與平板電腦。已經找到電源，也接上了區域網路。

龍之介一進房間就在筆電前擺好陣仗，不發一語地開始作業。

空太一邊整理行李，一邊偷看龍之介好一陣子。

總覺得哪裡怪怪的。

龍之介一開始專注在作業上，但過了一會兒，手便不斷重複動一下又停一下。表情看來不像是在煩惱電腦運算。手停下來的時候，總是露出受困於思緒的神情。

「欸，赤坂。」

龍之介從螢幕前抬起頭來，視線轉向空太。

「我可以問你嗎？」

「如果你要問剛才的那兩個，我已經說過是國中時認識的人，除此之外什麼也不是。」

空太還沒開口提問，龍之介已經打了預防針。

這麼一來，就很難再問「剛才的人是誰」了。

「該怎麼說呢，總覺得很驚訝呢。」

空太躺在床上，沒有看向龍之介而是對著天花板開口。

「驚訝什麼？」

「沒想到赤坂也會有認識的人。」

雖然是很沒禮貌的說法，不過正因為很熟悉平常的龍之介，所以才會這麼想。

「要是沒認識就好了。」

龍之介彷彿在自言自語。

「咦？」

空太沒能聽清楚而再度回問。

「沒事，不用在意。」

不過龍之介乾脆地中斷話題。

「不管那件事，神田說的企畫甄選是這個嗎？」

龍之介來到床邊，向還躺在床上的空太遞出平板電腦。

空太繼續躺著，將視線移到畫面上。

上面顯示和希所說的「Game Camp」概要書，以及郵件內容寫的補充事項。

「啊，確實就是這個，不過……」

有一點讓人很介意。

「為什麼你輕輕鬆鬆就看得到寄給我的郵件啊！」

雖然事到如今不管龍之介做什麼都不會感到驚訝，但還是忍不住想問一下。

「為什麼你會覺得我不能看寄到櫻花莊郵件伺服器的信件？我無法理解你那種思考迴路。」

龍之介說著自己的理論，走回放筆電的桌子。

「我的問題在於你的道德標準！」

「光靠那種東西是沒辦法保護個人資料的。」

果然是一點也靠不住。既然如此，還是盡快切入正題才是上策。

「我覺得這個好像很有趣，所以想參加，你覺得呢？」

「如果可以期待商品化，聽起來還不賴。即使希望將來能成立公司，也需要先有一些動作，這正適合拿來籌措資金。配樂跟繪圖要怎麼做？雖然得視企畫的內容與規模而定，不過至少還是需要各一人。」

龍之介的視線已經專注在筆電螢幕上。

敲擊鍵盤的手輕快動著，大概是煩惱已經解決了。

關於繪圖的部分，身邊就有兩個超乎常理等級的人物。一位是天才畫家兼漫畫家真白，另一位則是外星人，獨力製作的動畫已受世間矚目的美咲。實至名歸，沒得挑剔。

然而，空太並不打算邀請這兩個人。真白是漫畫；美咲是動畫，各自有了選擇的道路，與空太的目標製作遊戲有些類似卻又不同。

「總之，就這一次拜託麗塔吧？」

空太開玩笑提出這個名字以填滿對話的空檔。

「那就別希望我參加。往後再也不要跟我提這件事，可以吧。」

龍之介一臉認真地一口氣說完。

「我、我開玩笑的啦……」

真白在英國時的朋友，現在也以畫家身分活動的麗塔・愛因茲渥司，對龍之介而言是天敵。然而，麗塔好像非常喜歡龍之介，每天都會從遙遠的英國寄郵件過來。不過其中大部分幾乎都不會進龍之介眼裡，而是由女僕銷毀……

「配樂的話，身邊倒是有一個可能可以的人。」

姬宮伊織，住進櫻花莊103號室的水高音樂科一年級生。只不過，現在伊織正煩惱著要如何面對音樂。

在他找出答案前，不想多事從旁干涉。

「如果找皓皓學姊呢？」

「實力是有品質保證，不過她不是去奧地利留學了嗎？」

「嗯，要是打擾她念書就不好了。」

就在這樣思考該找哪些成員的時候，充分瞭解了和希所說的集結團隊的困難。因為身處藝術大學附屬高校，空太已經在極具優勢的環境裡了，即便如此，一旦想到要組成命運共同體這種理想團隊，卻不是那麼容易。

立刻就觸礁了，空太與龍之介不再多說什麼，「Game Camp」的話題也自然結束。

在房裡無所事事悠哉過了三十分鐘，到了晚餐時間。

在大餐廳吃完蒙古烤肉，接下來就是各班級決定的洗澡時間。

「赤坂，洗澡要怎麼辦？」

「我在房間浴室淋浴就好。」

「那我去大浴場了。」

留下龍之介在房間，空太決定到大浴場洗去一整天的疲憊。遺憾的是，情緒亢奮的同班同學們嬉鬧著，也不太能悠閒地泡澡。

早知如此，還不如像龍之介那樣利用房間的浴室還比較悠閒自在。

空太離開同學正在游泳的浴池，在蓮蓬頭前坐了下來。他用木桶從頭上澆了熱水，開始用洗髮精搓洗頭髮。這時，空太感覺有人來到旁邊。

「哎呀～～教育旅行還真是不錯啊！」

如此親暱說話的人，正是伊織。

與空太一樣用木桶往頭上沖水後，像小狗般左右甩頭把水甩掉，接著發出謎樣的效果音「唰～～」開始洗頭。

「我讀國中的時候，因為跟比賽賽程重疊，所以沒能參加教育旅行！」

「為什麼你會出現在這裡？」

洗髮精已經完全起泡，便從頭上開始沖水，沖掉洗髮精泡泡。

「美咲學姊幫我們訂了同一間飯店。」

「竟然還會有空房啊。」

因為還有其他學校的教育旅行也住在這裡。

「好像只剩最頂樓的豪華房間還是空的。」

是頂級、豪華或皇家之類的房間吧。

「皇家豪華頂級……套房吧？」

沒想到全都包含進去了。

既然訂房的是美咲，那也沒辦法。因為她兼備了宇宙規模的行動力，以及高中畢業時在櫻花莊隔壁空地蓋了自家的財力。

「真是太好了呢，伊織。」

「咦？」

「能來參加教育旅行。」

「是的！」

這次則是兩人同時用毛巾擦洗身體。

「啊，對了，空太學長。」

「什麼事？」

空太從前面的鏡子窺探伊織的表情。是認真的神情。

「我有事想找你商量。」

突然是怎麼回事？從正經八百的氣氛來看，說不定是有關音樂的事。彷彿要證實這一點，伊織仔細清洗為了彈琴而非常珍惜的十根手指頭。

「其實，我……」

「嗯。」

「最近怪怪的。」

「我知道。」

不只最近，伊織整個人本來就怪怪的。

「我不是指腦袋怪怪的意思喔？」

「你對這一點有自覺啊？真厲害啊。」

淋浴沖掉身上的肥皂泡泡，這樣就清潔舒爽了。

「哪裡～～也沒那麼厲害啦。」

同樣在淋浴的伊織，煞有介事地感到害羞。

「我完全沒有稱讚你的意思喔。」

「咦？是這樣嗎？」

不知道為什麼，有時會把伊織與優子的身影重疊在一起。

「……那麼，你要找我商量什麼事？」

「從那一天以來，絕壁眼鏡女的事就一直在我腦海裡揮之不去。」

「……」

空太聽到完全不同於預想的內容，不禁張大了嘴。

「空太學長？」

「……啊，抱歉。我還以為一定是有關音樂的事。那麼，所謂的那一天……」

八成是那個。對伊織而言不太想回想起來的比賽那一天。演奏中斷，發生了一些爭執，而那也是看到栞奈裙底風光的日子。

「當然就是五月三日……沒穿內褲紀念日。」

「憲法紀念日變成莫名其妙的東西了啊！」

裙底完全是無法治地帶。

「我到底該怎麼辦才好？不管是睡著、醒著、上課的時候、大號的時候、小號的時候，老是在想那傢伙的事。」

伊織一臉正經地看著空太。

因為彼此都是光溜溜的，所以不太想凝視對望。

「呃，那個，也就是說……」

空太在木桶裡用力洗著毛巾，爭取思考的時間。

「是找我商量戀愛問題囉？」

誰不好找，偏偏找上空太商量，而且還是在這個時間點……想找人商量的反而是空太才對。

「不，不是這樣。」
伊織泰然自若地說道。
「啥？不是嗎？」
完全看不穿伊織的言行舉止。
「空太學長也知道吧。我愛到不行的可是胸部喔？也就是那個即使說是世界的常識也不為過的胸部！」
「嗯，是啊。」
連吐槽都嫌麻煩，就老實認同是世界的常識了。
「胸部就是乳房！」
伊織緊握拳頭，起身的同時高聲宣言。
完全不懂。或者該說，也許就如同字面上的意思，胸部確實就是乳房。嗯，沒錯。
「伊織，你的重要部位全露出來了，總之先坐下吧？」
「好的。」
伊織乖乖坐下。
「那麼，關於栞奈學妹……」
「我究竟該怎麼辦才好？」

「日夜都在腦海中盤旋嗎？」

「是的。」

「也就是說，你喜歡上她了吧？」

「不是。我都說了我喜歡的是胸部。空太學長，你還好吧？」

被伊織一臉認真地教訓了。很遺憾，伊織倒是不太好的樣子。

「話雖這麼說，不過你很在意栞奈學妹吧？」

「是的。」

「我覺得那就是以一名異性的身分開始意識到她了。」

「不、不，那是不可能的……不，等一下，可是，嗯～～……既然空太學長都這麼說了，難道就是這樣嗎？」

伊織雙手抱胸陷入思考，眉間堆起深深的皺紋，態度就像是在城中布陣的戰國武將。

「不，可是，那種絕壁要怎麼爬啊？」

「為什麼會以爬做為前提……」

「果然還是幻覺！是我多心了！沒錯！一定是那個！你看嘛，剛出生的雛鳥不是會把第一眼見到的東西當作父母嗎？所以，我只是被第一次看到的祕密花園迷惑了，只是一種野性的本能！什麼嘛，你看，果然就是這麼回事！胸部！」

雖然是謎樣的吆喝聲，不過真希望他不要像語尾詞般喊著胸部。

「不過啊，伊織，如果照剛才的初生雛鳥理論，不也能解釋為因野性本能而喜歡上她嗎？」

「啊、糟了！不、不，可是，我才不承認！像那種連胸部的胸字都沒有的女孩！」

「這樣啊……嗯，那就沒辦法了。你就再試著思考看看吧。」

「是，我會這麼做的。」

明明是來舒緩疲憊的，卻湧上更多的疲倦。

「啊，對了，還有一件事要找學長商量。」

「還有什麼事嗎？」

這次一定就是音樂的事了吧。

「空太學長，可不可以借我內褲？」

「才不要！」

「拜託你啦！」

伊織雙手合掌懇求。

「如果沒有換洗衣物，等一下自己去便利商店買回來！我借你錢就是了！」

6

空太與還留在大浴場的伊織分開，準備回到房間，途中在走廊上與其他學校的女學生集團碰個正著。

那是曾見過的深綠色運動服，龍之介認識的人所屬的學校。空太有些在意地與她們擦身而過。明明人數頗多，但空太還是輕易就在集團中發現了某個人物。

記得是被稱做麻耶的女孩子。

像這樣在穿著同樣服裝的同齡人群裡就能明白，麻耶是屬於醒目的人。

對方似乎並沒有特別注意到空太。這也難怪，因為她認識的人是龍之介，並不是空太。

所以雙方擦身而過之後，空太完全大意了。

「欸。」

有人從背後叫住他，他因而發出「唔喔！」的聲音。

停下腳步，轉過頭去。

離開集團留下的人正是麻耶。

「赤坂在房間哦。」

「看就知道他不在這裡了。」

「說得也是。」

「我有話要跟你說。」

她毅然的態度似乎帶著刺。

「我？」

「……」

她聽到空太如此確認，不發一語地點點頭，散發出莫名的壓迫感……為什麼要用這種態度對待初次見面的對象？

「呃，我是赤坂的同班同學，我叫神田空太。」

「我又沒問你。」

「跟連名字都不知道的對象說話，不覺得靜不下來嗎？」

「不會。」

「這、這樣啊？」

「池尻麻耶。」

「咦？」

「我的名字。」

「竟然還報上名號！」

就對話發展看來，她應該不打算報上名字，空太因此嚇了一大跳。

「你的反應很煩人耶。」

她的語調卻依然平靜淡然。

「那麼，找我有什麼事？」

「……」

女學生輕咬擦了有色唇膏的嘴唇。

「遊戲……」

「咦？」

「你跟他正在製作遊戲嗎？」

他——聽起來既親近又像有距離感的稱呼。從麻耶的口氣聽來，應該兩者皆非。只是很明白知道那是在指龍之介。

「現在並沒有在製作遊戲。」

「這樣啊。」

麻耶的表情有些放鬆。

「未來想一起製作就是了。」
聽到這番話，嚴肅的表情瞬間又回到麻耶臉上。
「勸你別這樣比較好。」
「為什麼？」
空太直率地看著對方的眼睛回問。
「因為下場會很慘。」
麻耶說完便一副話已至此的態度準備折返。
「啊，等一下。」
「什麼事？」
麻耶轉過頭來。
「抱歉。我是不可能就這樣停手的。」
「……」
「我想跟赤坂一起創作。」
「你真的很煩，剛剛沒聽到我說的話嗎？」
「妳才是，應該有聽到我說的話吧。」
「……」

「我是不會放棄的。」

空太毫不在意地做出結論。

「……」

麻耶不發一語地看著空太。不，應該是瞪著他。

「那就算了，隨便你。」

她說完便消失在走廊另一端。

「這是怎麼回事啊？」

可以確定的是，龍之介與麻耶，還有那個叫做拓實的男孩子……這三個人在國中時一定發生過什麼事。

「赤坂啊……」

即使試著想像，還是沒辦法真正想像出龍之介跟誰一起做什麼的樣子。更何況空太從沒聽龍之介說過國中時的事，對他一無所知。

「我們明明認識很久了啊。」

一股類似罪惡感的情緒掠過，空太腦中忽然浮現一個想法。

「赤坂那傢伙，該不會是知道那兩人要來北海道，才來參加教育旅行的吧……」

一旦說出口，便莫名覺得很有真實感。

平常總是將程式設計列為最優先事項的龍之介，就連學校課程也只出席最底限三分之二的天數。這樣的男人絕不可能毫無理由，一時興起就來參加教育旅行。

「等一下再問問看吧。」

不過恐怕會被岔開話題。即便如此，空太決定至少還是要問問看。

回房間途中，空太經過一樓大廳旁賣伴手禮的商店。

他在店裡發現了熟悉的背影。

站在手機吊飾架前的正是栞奈。既然會在浴場遇到伊織，那麼看到栞奈也就沒那麼奇怪了。

栞奈身上穿著飯店準備的洗完澡穿的浴衣，沒有戴眼鏡，手上挽著放有換洗衣物及毛巾的小籃子。

大概是打算買什麼東西回去，正專心選擇要買哪個吊飾。

空太走過去，從背後出聲叫她：

「栞奈學妹。」

她的背影抖了一下，接著轉向空太。

「……是空太學長嗎？」

她瞇著眼向上望。

「是我。」

雖然有種被她瞪的感覺，不過好像不是這樣。她沒戴眼鏡，似乎看不太清楚。明明就站在她眼前……

「妳的視力這麼不好啊。」

「是的。就算是這樣的距離，我也不太有自信。」

她如此說完——

「如果不這麼近……」

墊起腳尖，把臉靠向空太。

「真的是空太學長呢。」

眼睛的焦距一下子對上了。不過，她立刻像是察覺到了什麼，用雙手推開空太的胸口，拉開距離。

「……你想害我做什麼啊？」

不知為何，空太挨罵了。

「對不起啊。」

空太老實地道歉。

「空太學長沒有錯，請不要道歉。」

結果還是挨罵了。

「那個……眼鏡放在房裡了。」

栞奈找藉口般這麼說道。

「這樣的話，先折回房間去拿不就好了？」

這樣也很難選伴手禮吧？現在栞奈正把白熊版的「咬人熊～～」吊飾拿到臉的正前方。似乎不這麼做的話，連上面大大強調北海道限定商品的文字都看不見。

「美咲學姊拿了房間的鑰匙，現在還在大浴場裡。」

「喔，原來如此。」

沒有鑰匙就進不了房間，所以才會在這裡打發時間。

「我不太想被看到沒戴眼鏡的臉，所以請你轉到那一邊。」

她微微鼓起臉頰。

「為什麼？」

「看就知道了吧？」

她用挑釁的口吻說了。

「不，完全不懂。」

「……因為我對自己的素顏沒自信。」

這次她則是把臉別開。

「我倒覺得沒戴眼鏡比較好看呢。」

「！」

栞奈銳利的目光瞪了過來。

「請不要開玩笑了。」

雖然是真心話，不過看來又惹栞奈生氣了。

「……」

栞奈不發一語地繼續選伴手禮。

「妳喜歡那個嗎？」

她從剛才就一直盯著白熊版的「咬人熊～～」吊飾。

空太一這麼說，栞奈便立刻將吊飾放回架上，裝做沒興趣的樣子。

「喜歡就買啊。」

空太拿起栞奈放回去的商品。

「我沒帶錢包。」

這也難怪了。白天遇到的時候，已經聽她說是連整理行李的時間也沒有就被美咲帶過來了。

「那麼，我買給妳。」

反正五百圓也不貴。

「咦？」

「對不起，我要買這個。」

空太不容分說地向櫃台店員這麼說。

「啊，學長。」

還順便追加了一個同樣的東西。

「麻煩幫我分開裝。」

含消費稅總共一千零五十圓。

空太把裝在紙袋裡的吊飾遞給一臉不滿的栞奈。不過，她沒有要伸手接下的意思。

「不覺得我是很厚臉皮的女人嗎？」

「不會啦，不過是點小東西。」

「真的嗎？」

「妳以為我有多小氣啊？」

空太不禁有些沮喪。

「……那個，非常感謝你。」

終於把裝了吊飾的袋子交到栞奈手上。

「不用道謝了。反正我本來就打算買些伴手禮回去，況且連優子的伴手禮也都買好了。」

大概是相當喜歡白熊版的「咬人熊～～」，栞奈看著空太給的紙袋，嘴角浮現笑容。是平常不太容易看到的表情。

「請不要一直盯著我看。」

空太被這麼一說，視線反而飄了過去。

「況、況且，我才剛洗完澡，現在的樣子……」

也許是突然覺得難為情，栞奈把視線別開。

還有些濕潤的髮梢；泛著粉紅的肌膚；粉頸冒著汗珠。因為栞奈很仔細地穿好浴衣，從腰際到臀部的線條十分密合。

帶著圓弧的美麗曲線沒有一絲皺褶。因為浴衣緊貼著身體，應該連內褲的線條都會看到……

大概是察覺到了空太的視線，栞奈用手上的提籃遮住臀部。

「學長在看哪裡啊？」

憤怒的目光中隱約帶著羞恥心。

這時，空太終於了解她要自己不要盯著看的真正理由了。

「妳、妳該不會沒穿吧？」

空太確認周圍沒有別人之後，如此問道。

「……」

栞奈心不甘情不願地點頭。

「小說不是進行得很順利嗎？」

「……這、這個不是啦。」

「啊、對了，因為突然被美咲學姊帶過來，所以沒準備要換的衣物啊。」

空太想起剛才在大浴場被伊織懇求借他內褲的事。

「美咲學姊已經幫我買了很多可以換的衣物。」

她一臉彷彿想起了不愉快的事的表情。也許是被美咲逼著換穿了很多衣服吧。要是能連伊織的份也一起買就好了。

不對，現在應該要先問栞奈沒穿內褲的原因。

「那麼，還是因為壓力嗎？」

「應該是……看著學長就讓人覺得不耐煩。」

「啥？我？」

栞奈點點頭。

「我做了什麼？」

「對我溫柔。」

聲音實在太微弱，空太只聽得到「對我」的部分。

「咦？什麼？」

「沒事。」

「不，聽妳這麼說就更讓人在意了。」

「比起我的事，學長應該有其他更應該費心的事吧？」

她一副不高興的鬧彆扭態度。

「真是殘酷的意見啊。」

栞奈指的是真白與七海的事。

「椎名學姊是個非常漂亮的人呢。」

「是啊。」

「雖然個性有點……相當怪異。」

「是啊。」

兩人同時露出苦笑。

「青山學姊是個很可愛的人呢。」

「嗯。」

「總是竭盡全力，老實、坦率又正直……這些都讓我覺得好羨慕。」

「這樣啊。」

栞奈真的很注意七海。空太也有同樣的感覺。

「老實說，我覺得她們兩位配空太學長實在太浪費了。」

「我也有同感。」

「我覺得學長這種說法不太好。」

「明明是栞奈學妹說的吧！」

雖然是不同類型，不過今年的新生盡是些不講理的人。

「看不起自己，對椎名學姊與青山學姊就太失禮了。」

「說得也是。」

兩人都說了喜歡空太，空太有義務努力不愧於這樣的評價。至少栞奈想說的應該是這個吧。

「不用擔心，空太學長也是有優點的。」

「真是這樣的話，我會很開心。」

「至少我是被空太學長救贖了。」

「如果妳是說小說的事，那並不是我，而是多虧了仁學長。」

栞奈站在空太身旁，手緊抓著浴衣的前襟。

「我以為要是被人知道了那件事，就再也沒辦法去學校了……沒想到空太學長卻很平常地對我，現在也是。」

「因為我在櫻花莊已經習慣了有點奇怪的事了。」

「會把我那件事說成『有點』，空太學長果然很奇怪。」

「如果我沒記錯，妳應該是要說我的優點吧？」

「很抱歉，我改變主意了。」

空太完全被不知何時已恢復平常樣子的栞奈給耍了。

「我是很複雜的。」

空太不懂她的意思，只能露出不開心的表情。

對話也中斷了。

在這之後，空太為了在美咲離開大浴場前繼續陪栞奈，便在店內看看伴手禮。

過了約莫五分鐘。

穿著浴衣的美咲踩著雀躍的腳步過來。

看到伴手禮而感到亢奮的她，從店的一頭移動到另一頭。

「大嬸！從這裡到這裡通通幫我包起來！」

還說出如此駭人的話。接下來就麻煩了。

如果不是美咲說的，還能當做開玩笑就算了。然而，美咲無論何時都是認真的，至今不知實踐了多少只會讓人覺得是玩笑話的事……

「等一下啊，學姊！」

空太急忙跑過來阻止美咲。

「我才不等呢，學弟！」

「算我拜託妳，請不要掃光店裡的商品！」

「別擔心，我有錢！」

美咲驕傲地從與栞奈成對的小提籃裡拿出錢包。那是外面畫有「咬人熊～～」的可愛皮夾。

然而，這原來應該是設計可愛的錢包，現在在空太眼裡卻是個不祥之物。

厚度超過一般皮夾會有的規格，幾乎已經是磚頭了，想必也能刀槍不入，兩三發子彈根本不算什麼。

「學姊妳是大牌演歌歌手啊！」

「因為是期待已久的教育旅行，所以帶了很多零用錢喔～～！」

「根本已經超過零用錢的次元了！」

接著空太花了二十分鐘說服美咲。也因為這樣，好不容易才剛洗好澡，空太與栞奈又滿身大汗了。

與美咲和栞奈分手後，空太回到房間，室內幾乎一片昏暗。唯一還亮著的，只有門口腳邊的間接照明而已。

兩張並排的床，龍之介已經躺在裡側的床上睡覺。

印象中龍之介曾說過，程式設計師一天要睡足八個鐘頭。正確來說，應該是用郵件或聊天室時的對話，也有可能是聽女僕說的。不過，這些瑣碎雜事的真相，現在已經完全不重要了。

因為龍之介已經睡了，沒辦法問他與池尻麻耶的關係。

國中時究竟發生過什麼事？

說不在意是騙人的。實在是在意得不得了。

為什麼麻耶會說那麼嚴苛的話呢？

空太也躺在床上，有相當厚度的彈簧溫柔地支撐住背部。不過觸感與平常的床差距太大，總覺得靜不下來。

空太看了一下旁邊，龍之介縮著身體睡覺，像小孩的睡姿。

「……」

空太拿起手機。

要是問女僕，說不定她會透露些什麼。

——那個，女僕，妳知道池尻麻耶

打到這裡手指就停了下來。

按下清除鍵，取消簡訊。

這應該直接問龍之介比較好。

空太這麼想的同時告訴自己，現在還有更該優先思考的事，不是逃避的時候了。

已經約好在教育旅行結束前要回答。

剩下的時間一分一秒遞減。

只是，空太自覺這已經不是時間的問題了。

他明白千尋說的會錯意指的意思。

也照仁所說的，想像過與某人交往的未來。

美咲說了只要去面對喜歡或不喜歡就好了。

然後，今天也察覺到對七海的感情。

答案……應該已經出來了。

但卻覺得很難過，很痛苦，胸口幾乎要窒息了。一股看不見的力量揪著心，眼看就要屈服於必須決定什麼的壓力。

再也無法維持至今的關係，已經回不去天真無邪的那個時候。

空太深切感受到這件事，而這件事讓他幾乎無法呼吸。

不知與真白及七海在櫻花莊度過的歲月，到底算長還是短。只是那段時光的記憶對空太而言，確實已經成為比任何事物都重要的寶物。他可以抬頭挺胸說就連一天都沒白費，每天都是特別的回憶。

空太曾經想過，要是這樣的日子能一直持續到水高畢業就好了。有大家的笑容，即使有些衝突，即使受傷哭泣，彼此鼓勵後又能恢復笑容。空太曾經想過，要是這麼溫柔又快樂的日子能一直持續下去就好了。

然而，真白與七海都憑著自己的意志，決定從舒適的現在跨步走向沒有保證的未來。

為了將手伸向「不改變現在的關係就絕對無法到手」的東西……

即使被認為不乾脆或沒出息，能笑得無憂無慮的那段時光，無論如何就是會在空太的腦海中浮現。

「不過，說得也是……已經是『那段時光』了啊。」

就算不想明白，空太還是無意識確切理解了。

無論他是否下定決心或者仍在煩惱，都已經來到無法折返的地步了。

因為在接受兩人告白的那一刻，曾經希望能持續下去的日子，已經成為「那段時光」了。

「就是像這樣逐漸改變的吧。」

不久前還是「現在」的事件或情感，會逐漸成為回憶收藏在內心的相簿當中，無關自己願不願意……

空太認為這是幸福的事，因為這表示有與自己關係如此深厚的人存在……

正因如此，一定要確實回應她們的心意。

沒錯，就在空太準備下決心的時候——

漆黑的房間響起門鈴聲……

空太想著會是誰並起身。

打開門一看，放下頭髮的七海就站在門外。

「咦！青山？」

「我、我跑來了。」

「咦？」

還說出不像她作風的惡作劇般發言。

意料之外的事一件接一件，空太沒能搭腔而做出原始的反應。

「……」

「……」

完全搞僵了。眼看七海的臉頰越來越紅。

「不、不是啦！是、是繭說的啦！真、真的啦！不是人家的意思！」

因為是在這種狀況下，七海說起藉口也變得激動。

「神、神田同學，你有在聽嗎？真的不是那樣啦！」

這時，走廊另一頭傳來男老師的聲音，似乎正在斥責吵鬧的男學生。

「青山！」

空太抓住她的手腕，拉進房間。

「咦？哇！」

關上房門，原本就沒開燈的室內更是伸手不見五指。

「……」

「……」

默不吭聲好一陣子，窺探走廊上的氣息。因為時間也不早了，如果被發現跑來男學生的房間，大概不會被寬待。

總之似乎沒被發現，真是鬆了口氣。

「神、神田同學？」

「嗯？」

「放、放開我……還有，不要靠我這麼近。」

空太還抓著七海的手腕，一副要把她壓在牆上的樣子。

「抱、抱歉。」

空太立刻放開手，身體也拉開距離。

「不，沒關係……只是嚇了一大跳。」

「因為差點就要被老師發現了嘛。」

「不是那樣，因為神田同學突然抓住我……還把我拉進房間，想說不知道會被怎麼樣……」

「我、我不會對妳做什麼啦！」

空太大聲說著，突然又驚覺某件事。

龍之介正在房裡睡覺……不要緊，他沒有要醒過來的跡象。

「……這樣也讓我心情很複雜。」

「我說啊，青山……要是隨便說這種話，我也是會侵犯妳喔。」

「……」

「……」

在意想不到的時間點陷入沉默。雖然因為昏暗看不清楚，但兩人凝視著彼此，一動也不動。

因不安與期待而動搖的眼眸，看來彷彿微微含著淚光。這雙眼眸不停吸引著空太。

無意識吞了一下口水。

這是表示做什麼都可以嗎？或者該說如果不做什麼，也許會讓七海覺得丟臉。

就在想著這些事的時候，門鈴再度響起。

「什麼！」

「啊！」

兩個人都嚇得幾乎要跳起來。

「不妙！說不定是老師！青山，快躲起來！」

「躲、躲哪裡？」

空太拉住七海的手，將她推進浴室。慌慌張張關上門，裡面彷彿傳來尖叫聲，不過現在沒空理會了。

他深呼吸了一口氣，打開房門。

接著，眼前染上一片白。

「……」

站在門外的並不是巡房的老師。

而是真白。

一個人孤伶伶站著。

「椎、椎名？」

空太反射性在意起浴室那邊。

「空太。」

相對於眼神動搖的空太，真白的目光直接坦率。

「什、什麼事？」

因此空太才會感覺像是被看穿又像被苛責，忍不住開始動搖。

「明天。」

「嗯？」

「小樽。」

「喔、喔喔。」

光聽到這裡，就知道真白為什麼會跑來了。

「約好的自由時間。」

「我知道，要去看運河吧？」

期中考之前與真白約好了。

「還有，也想逛逛其他地方。」

「說、說得也是。資料收集好之後再去走走吧，難得都到那裡了。」

隱藏不住的不知所措，讓空太說話速度不禁快了起來。

「嗯。」

真白用力點頭，卻沒有要抬起頭的樣子。

「空太。」

「幹、幹嘛？」

「……」

「……」

「算了。沒事。」

真白如此說道。

可以感覺到浴室裡的七海正屏住氣息。

空太心跳不斷加速，心虛與罪惡感從腳底竄上來。

「明天見。」

「喔、喔。」

「晚安。」

真白這麼說完，便走向本館與別館之間的通道。

一直到看不見真白的身影，空太才關上房門。

七海從浴室裡走出來。

「對了，青山也有什麼事嗎？」

「……不，沒什麼事。我也要回房間去了。」

「啊、喂，青山。」

「要是被老師發現就麻煩了。」

她露出無懈可擊的完美笑靨。正因如此，所以知道她在說謊……正因如此，所以空太沒能留住七海。

第三章

兩種情愫

1

一覺醒來，伊織的臉就在眼前。
只差兩公分就要接吻了，空太反射性用手把伊織的臉推開。
「呼咕！」
伊織半夢半醒地發出慘叫，不過看樣子沒有要醒來。
「喂喂，妳還真是積極啊……」
反而說著莫名其妙的夢話，緊抱著枕頭濃烈地親吻。
要是被強吻可就完了，空太決定立刻撤退。
站在床邊看著一副幸福睡臉的伊織，看來大概是作了什麼美夢吧。
至於為什麼會發展成這麼有趣的狀態，其實原因很簡單。
昨晚空太準備睡覺的時候，伊織跑到房間來了。
據說是因為栞奈一手拿著手機冷淡地對他撂話：
「我才不要跟你睡在同一間房間，現在立刻離開。不出去的話，我就要叫警察了。」

他還來不及反抗就被轟出房間了。

走投無路的他便來到這個房間拜託空太。

只是，遺憾的是這個房間是雙人房，當然只有兩張床。而且，伊織跑來的時候，其中一張床已經被龍之介占據還睡到翻過去了，空太只能跟伊織擠同張床……

「差點就要失去重要的東西了……」

隔壁的床……原本龍之介睡的床已經空無一人，取而代之的是有節奏敲著鍵盤的喀噠聲。

從早上六點半就開始在窗邊桌上工作的，正是龍之介。

「赤坂，早啊。」

「啊啊。」

視線仍放在螢幕上，一如往常冷淡地打招呼。

算了，還有回應，今天就算不錯了。

空太先到廁所洗完臉，在鏡子前整理睡翹的頑固頭髮，大約花了五分鐘。

回到房內，景象依然沒有改變。

龍之介老樣子埋首於作業中，伊織則一臉邋遢地說著「有好多胸部……」享受夢中世界。

空太看看時鐘，距離吃早餐還有段時間。

他在龍之介睡的床邊坐下，向龍之介開口聊天打發時間。

「你昨晚幾點睡的？」

空太從浴場回房的時候，房裡已經熄燈一片漆黑。

「十點。」

「幾點起床？」

「六點。」

正好八個小時的睡眠。

「生活作息真不像出來教育旅行的高中生啊……」

其他房間應該有許多玩通宵的學生。有些人莫名熱衷打撲克牌、玩其他卡片遊戲或掌上型遊樂器，也有些人熱烈討論喜歡哪一班的誰、誰跟誰好像已經開始交往了、教育旅行要向誰告白、告白會失敗、竟然一開始就以失敗為前提之類的……這才像是健全的高中生度過教育旅行第一個晚上的正確方式。

甚至可以斷言晚上十點就上床睡覺的人，絕對只有龍之介。

「讓我告訴無知的神田一件事吧。」

「我聽到一個多餘的單字喔。」

「不然，神田你知道嗎？」

「知道什麼？」

「國內電玩開發公司的員工，實際上被開除的最主要原因。」

「一大早就聊沒勁的話題啊……」

「如何？」

「嗯～～我想想。我聽說開發費用很高，應該是因為老做賣不出去的遊戲吧？」

「這在國外或外商公司很常聽說。也許你聽過隔天到辦公室就發現自己的桌子不見了的笑話，其實那未必是玩笑話。」

「未必是玩笑話？」

是指不完全是這樣嗎？

「事實上，聽說是會被告知『下個月開始我們公司就沒有你的位子了，今天開始你就去找工作吧』。」

沒有立刻被趕出去這一點反而更寫實，而且還很殘酷。這應該不是自己想太多吧。在任職的地方被指示去找別的工作，實在令人非常無奈也無法承受。

「要說不一樣，國內公司又是什麼樣的狀況？」

「工作態度惡劣是最主要的原因。換句話說，會從早上沒進公司的人開始下手。」

「啥？」

「如果你以為開發者幾乎都是夜貓族，過著不規律的生活，那你就大錯特錯了。幾乎都是公司職員，追根究柢就跟普通上班族沒兩樣。」

「等等，可是不是彈性上班嗎？某種程度下，可以自由選擇上班時間吧？」

「確實有很多公司是彈性上班，不過這個制度並不是可以完全依照喜好選擇上班時段，很多情況是被用來當作結合責任制無加班費的名目，也有規定必須要進公司的基本上班時間。況且，如果所有人都各自在不同的時間上班，你認為團隊製作能順利進行嗎？」

撇開加班費不談，試著想像人總湊不齊的開發團隊，答案立刻就出來了。

「……應該沒辦法順利進行吧。」

最近的遊戲應該都是團隊合作、互相討論，一邊檢討一邊製作出來。要是進公司的時間都錯開，會有很多作業無法順利進行。這就連空太都能輕易想像。

「之前，我曾經聽說有個迷上ＭＭＯＲＰＧ（註：Massively Multiplayer Online Role-Playing Game，大型多人線上角色扮演遊戲）的程式設計師，每天都搭最後一班電車來上班。」

「最後一班電車……還真是極端。」

大概是一直工作到天亮再回家吧。

「不理會提醒規勸，就連工作中都在煩惱公會運作的這個人，幾個月後就被公司開除了。」

「……這也入迷得太過分了吧。」

「也就是說，無視團隊環境、任性自我且缺乏協調性的人，是不適合開發團隊的。」

「協調性啊……」

龍之介的口氣聽來似乎強調了這個單字。不難想像他的意圖。

「聽起來就像你自己也是其中一個。是我多心了嗎？」

「就如同字面上的意思，除此之外什麼也不是。」

答得模稜兩可。就龍之介而言，這算是曖昧的回答。這就空太聽來是肯定的意思，同時他想起了昨天的事……與池尻麻耶的談話。

「……那個啊，赤坂。」

「什麼事？」

「昨天我從大浴場回來的途中，遇到了那個叫池尻麻耶的外校女學生。」

龍之介的手停了下來。

「也跟她聊了一下。」

不過，他立刻像回過神來，繼續敲著鍵盤打下原始碼。

空太毫不在意地繼續說自己想說的話。

「她還叫我最好不要跟你一起製作遊戲。」

「是嗎？」

語調與平常沒兩樣，無法從臉色猜到龍之介在想什麼，空太反倒向龍之介說出自己的心情與想法。

「我已經告訴她我想跟你一起製作遊戲了。」

「……」

「……」

「神田要在哪裡跟誰說什麼話，都跟我沒關係。」

「在你不知道的狀況下，擅自跟你認識的人聊天……聽到不曾聽你說過的事，總覺得不太舒服，所以這只是我自我滿足的報告而已。」

「……其他還說了什麼嗎？」

「沒有，她只說了這些。真是莫名其妙呢。」

空太把腳伸展出去，躺在床上。

「是嗎……那就好。」

感覺龍之介的聲音聽來有些遙遠。是因為改變了姿勢嗎？還是有其他原因？

對話一度中斷，好一陣子都沒有繼續下去。

彷彿要填補這段空白，這時響起了門鈴聲。

「一大早會是誰啊？」

空太覺得奇怪，走近房門。

扭開門鎖打開門，站在門口的是穿著便服的栞奈。輕飄飄的襯衫搭配短褲，衣襬長及褲襠，瞬間還以為下半身沒穿而心跳加速了一下。

與昨晚洗完澡遇到時一樣沒戴眼鏡。她瞇著眼，一臉懷疑地仰頭看著從房間走出來的空太。

「栞奈學妹？」

「是空太學長……沒錯吧。」

看來似乎也沒戴隱形眼鏡。

「眼鏡呢？」

「……請對自己說的話負起責任。」

「咦……喔喔。」

該不會是指昨晚在伴手禮店遇到時說的話吧。

「美咲學姊要我來把那個笨蛋叫醒。」

栞奈突然改變話題。

明明沒說出名字，但一下子就知道「那個笨蛋」指的是誰。

「是伊織吧。算了，妳進來吧。」

「一大早就把學妹帶進房間，到底打算做什麼？我在這裡等就好了。」

「要是傳出有個一年級生等在男生房間外面的流言，我可不管喔。」

空太一邊確認走廊兩邊，一邊暗示一個令人不太高興的可能性。

「……」

栞奈稍微想了一下，一臉警戒地問道：

「你不會對我做什麼吧？」

「我沒有一大早就帶學妹到房間做什麼的嗜好。」

「說得也是。空太學長有椎名學姊跟青山學姊，根本不需要侵犯我這種人。」

「聽起來話中帶刺啊。」

「因為不回應告白的空太學長是女性之敵，至少該被人這樣數落一下。」

「……」

空太被戳中痛處，無法還嘴，只能苦笑。

「有一半是開玩笑的，請不要露出那種傷腦筋的表情。」

「那就表示有一半是認真的吧？」

栞奈沒有回答，走進房間。

空太沒辦法，只好一起到伊織熟睡的床邊。

「喂，伊織，快起來了。」

「嗯吶嗯吶……」

簡直像漫畫的回應。

栞奈一副受不了的樣子嘆了口氣……才正這麼以為——

「快點起床了。」

她雙手抓住棉被，一下子從伊織身上扒下來。

眼前出現的是浴衣凌亂不堪的伊織，幾乎已經看不出原來的樣子，只有雙手還在袖子裡面，前面卻是完全敞開的，也就是暴露狂變態打開風衣的狀態。乍看之下，感覺幾乎可說是只剩下一條內褲。

「……」

栞奈默不吭聲地伸手抓了放在床邊的時鐘，毫不客氣地砸向伊織的腦袋。

「好痛！」

伊織發出慘叫，接著一臉不滿地醒來。

「搞什麼啊……還差一點我就要抵達名為美咲學姊胸部的桃花源了耶。」

伊織抱怨著一躍起身。

「空太學長，早安。」

「啊，早安。」

「我覺得啊……」

伊織露出認真的表情思考。

「所謂特級初榨橄欖油（註：Extra Virgin Oil），不覺得很情色嗎？」

「我還以為你要說的是夢境的後續發展……」

「蠢話就說到這裡，快點換衣服，要出門了。」

栞奈的眼神很冷淡，彷彿正在看什麼髒東西似的。

「……是說，為什麼絕壁眼鏡女會在這裡？」

「美咲學姊要我來叫醒你。」

「既然這樣，我還比較希望是由人妻女大生美咲學姊來叫我……」

伊織失望地垂下頭。接著，似乎是察覺到什麼而歪著頭。

「咦？為什麼我的頭會這麼痛？」

「睡覺的時候撞到了吧。」

栞奈俐落地扯謊。

「什麼啊，原來是這樣，那就沒辦法了。」

伊織也不愧是伊織，爽快地接受了。

「話說回來，妳今天的臉怎麼不一樣？」

他一臉睡昏頭的表情直盯著栞奈瞧。

「……才沒有不一樣。」

「啊！」

「真是的，你到底想說什麼？」

「明明是絕壁眼鏡女，竟然沒戴眼鏡！對吧？空太學長，請你看看，對吧！」

「呃，我早就知道了，因為昨天也看過沒戴眼鏡的栞奈學妹。」

「搞什麼啊妳，而且連穿著都很怪。」

伊織目不轉睛地觀察栞奈的穿搭。

「這是因為沒有可以換的衣服，美咲學姊幫我買的……沒辦法，又不是我自己選的。」

順便一提，伊織現在穿的內褲也是昨晚買的，是印有寫實的熊圖案，狂野花色的四角褲。

「妳的臉好紅喔，生病了嗎？」

「我是覺得難為情啦！」

對於伊織太過愚蠢的發言，栞奈不由得脫口說出真心話。

大概是為了掩飾害羞，她不發一語地再度抓起時鐘往伊織的腦門敲下去。

「好痛～～！」

「動作快一點，不然就把你丟在北海道。」

「妳沒有身為一個人該有的溫柔與溫暖嗎！」

「對你是沒有。」

「現在可是連廁所馬桶都溫柔又溫暖的時代喔！」

「那你就跟馬桶交往吧。很相配喔。」

栞奈留下這樣的話，不給伊織任何反擊的餘地，怒氣沖沖地走出房間。

「一大早就怎麼回事啊？生理期嗎？」

伊織摸著頭，繼續說出這樣的話。

幸虧栞奈已經走出房間，要是被聽到，伊織一定會再吃上重重一記吧。

「對了，空太學長。」

「我可不覺得山竹（註：Mangosteen，日文與女性生殖器俗語音近）很情色喔。」

「咦？真的假的？空太學長真是成熟啊，我光是聽到這個詞都會心跳加速呢。來，你要不要摸摸看？」

他將手放在胸口，抬頭看著空太。

「不，容我謝絕。」

空太慎重拒絕。

「這樣嗎……」

伊織失望地垂下視線。

「這麼希望我摸嗎？」

「咦？不是的！只是，該怎麼說呢……」

「該怎麼說？」

盤腿坐在床上的伊織，看來有些垂頭喪氣。

「總覺得靜不下來。」

「……」

空太沒能立刻理解他的意思，不發一語地等待他繼續說下去。

「因為從來沒有過這麼久的時間沒碰琴鍵……」

「這麼久啊……」

空太完全無法理解這種感覺。伊織所說的長時間，指的是僅僅一天……昨天沒有練習鋼琴所帶來的不適。真的只有一天，才一天而已。對於一直以來每天練琴的伊織而言，連這樣的時間都感覺漫長。

「啊，不過，並不是覺得後悔。」

「這樣嗎？」

「我以前從來沒想過休息之類的事，總是恐懼要是休息個一天，手指會不會就動不了了……所以只能想著彈琴。因為這樣，變得搞不清楚自己為什麼要彈琴，為什麼要玩音樂。我想也應該要有一段時間稍微保持距離比較好。」

看到露出舒暢表情的伊織，便覺得他並不是什麼都沒想就來北海道了。雖然他的個性如此，但對音樂是絕對認真的，已經成為他身體的一部分了。

「啊～～不過還是沒辦法平靜。唔哇～～胯下涼颼颼的，這是怎麼回事？覺得很舒服呢，空太學長！」

不知道是不是為了轉換心情，跳下床的伊織在房內輕快地跳躍。

「你眼睛閃閃發亮在報告什麼東西啊……」

「胯下的報告！」

「用不著做這種報告。或者該說，拜託不要這樣。」

一大早就急速消耗精神點數。今天能平安度過一天嗎？

「啊！赤坂學長！請借我這個！」

在房內蹦蹦跳跳的伊織來到桌旁。

沒經過龍之介允許就把手伸向平板電腦。

「不要擅自使用。」

「所以我說了請借我。記得這個是這樣……」

他輕碰觸控螢幕，操作平板電腦。

他到底打算做什麼呢？

空太好奇而從旁窺探，畫面上顯示出琴鍵。是藉由觸碰畫面就能像真正鋼琴演奏的ＡＰＰ。

伊織立刻開始用雙手彈起鋼琴。

似乎是一首靜不下來、活蹦亂跳的曲子。伊織彈著帶有喜劇性，有時又彷彿有些沉悶的嚴肅旋律。

伊織開始彈之後，龍之介就沒嚷著要他把平板電腦還回來。雖然現在手上的作業也沒停下來，不過龍之介的眼角餘光注意著伊織，應該正豎起耳朵聆聽他彈的音樂。

空太的意識也集中在音樂上。展開讓人想知道接下來會是什麼風格的旋律，音節與音節連結，創作出感情的世界。

大約三分鐘後，伊織彈完了一首曲子。

空太鼓掌並問道：

「這是什麼曲子？」

至少是空太不知道的曲子。

「大概是『早晨的不爽進行曲』吧？」

奇怪的曲名。

「有這樣的曲子嗎？」

「是我剛剛隨便做的。」

「咦？」

「話說回來，還滿道地的。」

接在空太的驚愕之後，說出感想的人是龍之介。看來果然有仔細聆聽。

「呃，不過真的只是隨便做做。不過是把剛剛那瞬間從胯下竄上來的輕飄飄感，創作成曲子而已。」

雖說是隨便創作，完成度卻很高。至少在空太耳裡聽來不像即興創作。

空太正這麼想著，感覺到龍之介的視線。

「怎麼了？赤坂？」

「身邊確實有一位候補呢。」

空太立刻理解他話中的意思。他所指的正是參加「Game Camp」所需要的音效成員候補。

老實說，原本很擔心過不過得了龍之介這一關，不過聽了剛才的即興演奏，明白伊織的實力不容懷疑。而且伊織又是男性，對龍之介而言應該沒什麼好抱怨的。

問題在於伊織願不願意。只是，可能觀察一陣子再詢問這一點會比較好。

因為伊織正煩惱著「今後要以什麼樣的態度面對音樂」。

「你們在說什麼？」

「不，沒什麼。」

「這樣嗎？那麼，今天要去哪裡好呢？」

心思立刻轉移到其他地方的伊織，正用平板電腦搜尋北海道的觀光景點。

「昨天是札幌，再來就是小樽跟函館吧～～」

「話說，你真的打算一路跟到最後啊……」

「美咲學姊說了，今天要帶我們去小樽。」

「這樣啊……」

「空太學長的行程呢？」

「我啊……」

空太正要說出口，手機鈴聲響起。

是簡訊。

空太從床邊桌上拿起手機，確認內容。

寄件人是真白。

——今天的會合地點

主旨如此寫著。

空太確認之後抬起頭。

「我今天也是以小樽為主吧。」

並對伊織如此回答。

2

很幸運的，教育旅行第二天，北海道也是大晴天。

溫暖的陽光及涼爽的空氣結合，成為舒適的氣溫。

上午是團體行動，參觀乳製品工廠。

在工廠遇到千尋。

「既然要參觀，應該參觀啤酒工廠吧。」

她如此發著牢騷。

「如果起司做好，我想喝紅酒。神田同學，拜託你準備了。」

與她在一起的小春則要求了亂七八糟的東西。不用說，空太當然不予理會。

「對了，神田，昨天上井草也在飯店。」

「啊，我也看到了喔。櫻花莊的一年級生也在一起吧？」

「就算告訴我這件事，我也無能為力喔。」

「也對，這就是你的極限。」

「我絕對不會中這種激將法。」

「哇～～神田同學好成熟啊～～！」

中途開始就像這種感覺，空太變成千尋與小春的玩具。

參觀完就是全體一起吃午餐。

吃完午餐便搭上巴士。

前往小樽。

根據巴士導遊小姐的說法，快的話大約是三十分鐘的車程。

在這期間，空太不斷偷瞄隔著走道坐在右側的七海，心中惦記著真白在七海之後來到自己房間的事。

然而，實際上兩人目光對上時——

「神田同學，什麼事？」

「不，沒事。我沒在看妳。」

空太說出一點說服力也沒有的辯解。

「我一點也不在意昨天的事喔。」

「青山？」

「是之前就約好的吧？」

「嗯，是啊。」

「而且還說了是要收集資料。」

與真白的對話全被聽到了。畢竟只隔著浴室的薄薄一道門，也難怪。

「不過，讓我有點期待呢。」

「期待？」

「想說你會不會跟我解釋。」

在移動中的巴士裡，七海的聲音越來越小。雖然後半段幾乎聽不到，不過她將視線從空太身上移開時的靦腆笑容，已經說明了一切。

「……」

「……」

難為情及些微的緊張感，讓彼此不知該說什麼才好。

「好的～～稍後馬上就要抵達小樽了～～不要忘了隨身的東西喔。」

填補這陣沉默的是借了麥克風，學起導遊小姐的小春。雖然男孩子發出歡欣鼓舞的聲音，但女孩子大半都有些受不了。

總之，似乎真的即將抵達小樽了。

窗外看得見海。

空太與七海的對話也因此自然中斷。

之後過了大約三分鐘，空太等人搭乘的巴士抵達第二晚要住宿的小樽飯店。

確認分配的房間，自己將行李搬進房裡。

房間在五樓。從面海的大窗戶可將海景一覽無遺，視野極度開闊，感覺暢快。

看了看浴室、廁所與冰箱，時間已經來到一點半，之後就是完全的自由時間。不同於札幌，小樽的遊玩地點比較集中，因此也解除小組行動。在巴士裡確認了小樽的地圖，著名的觀光景點幾乎都可徒步到達。

同房的龍之介看也不看窗外的景色，一抵達房間便打開筆電，打著鍵盤開始作業，似乎沒有出去逛逛景點的想法。

「那麼，我先出去了。」

空太背對龍之介打了招呼，準備出門。

因為跟真白約好了。

幾分鐘後，空太來到距離飯店約三百公尺的小樽車站前。

這裡就是今天早上真白指定的會合地點。

——下午兩點。小樽車站前。

雖然是極簡的簡訊，不過這樣已經有很大的進步。剛開始連「空太」的打法都不懂，還傳了只寫了一個平假名的簡訊過來……少按了好幾下按鍵。

空太看了看時鐘。

已經超過下午兩點，而且接近三十分……再兩、三分鐘就來到兩點半了。

每當遇到見過的水高學生經過車站前，便會被投以「你在幹嘛」的視線，實在令人困擾。

空太也不是因為自己喜歡才茫然站在這裡。

這樣等下去也不是辦法，空太按著手機，打電話給真白。這已經是第三次了。前面兩次很遺憾都轉到語音信箱，與真白的聯繫以失敗收場。求籤擲筊一定要三次才靈驗，或者是有一就有二、無三不成禮……

空太聽到撥出的聲音後，眼角餘光看到一名從飯店方向跑向車站的少女身影。

接通的語音信箱，空太什麼也沒說就掛斷了。

因為紅燈而被迫停下腳步的少女，帶著彷彿在看網球比賽的目光，焦急地追逐往來的車輛。

綠燈一亮便再度跑了起來。

拚命奔跑。

舞動著有些輕飄飄的的洋裝裙襬，單手壓住帽簷寬大的遮陽帽，啪答啪答踩著看似很難走的可愛涼鞋飛奔而來。

胸前抱著與今天的打扮不太搭的素描簿。

有種看著極不可思議場景的心境。

奔跑過來的正是空太熟悉的人物……真白。

老是我行我素，幾乎不把感情表露出來，平常情緒總是很平穩不亢奮……就連奔跑也是，至今要不是空太拉她的手，她也不會想自己動腳。

然而，現在是怎麼回事？

只見她帶著慌張焦急的氣息跑向空太。

目光一對上，更像是最後衝刺般加快速度。

直到最後腳步都沒有慢下來，真白來到空太身邊。紊亂的呼吸，泛紅的臉頰。大概是在意起凌亂的髮絲，真白用手整理帽子底下露出來的部分。

接著稍微調整呼吸，如此呼喚：

「空太。」

「幹、幹嘛啊？」

被直率盯著實在叫人難為情，空太反射性把臉別開。

「等很久了嗎？」

「等很久啊，妳遲到了三十分鐘喔。」

「唔。」

不知為何，真白一臉不滿的表情。被迫等待的人明明是空太。

「為什麼要生氣？」

「當然是因為妳遲到啊！」

「可是我已經用跑的了。」

真白鬧彆扭似的噘起嘴。

「這我知道，不過既然要趕，應該在離開飯店前動作就要加快吧！」

從飯店徒步到這裡，只需要大約五分鐘。

「因為準備很花時間。」

真白炫耀般挺直腰桿。不過相對於姿勢，她卻嫻靜地垂下視線，側臉看來有些不安。

這個動作是怎麼回事……不像真白的作風，只像個普通的女孩子。雖然是很蠢的感想，總之就是亂可愛一把的。

「花了一點時間。」

這次的口氣則有些像在辯解。

這樣的真白散發出混著期待與不安的緊張感。空太似乎感覺得到她的心跳，心臟也應和般加速狂跳。

多虧如此，自從認為對真白的感情也許只是「憧憬」以來，感到的內疚及罪惡感一下子煙消雲散。

「既、既然這樣，那就該提早準備吧。」

背叛了試圖保持平靜的心情，身體完全轉向莫名其妙的方向。不過，這也無可奈何。

現在要是正眼看著真白，恐怕有些不妙。沒錯，本能如此警告。

「只有這樣？」

「什、什麼只有這樣？」

舌頭無法靈活動作。

「想說的話。」

「我、我還可以多抱怨幾句嗎？」

開玩笑也變得遲鈍。

「不能抱怨。」

「不、不然，妳要我說什麼？」

汗水濡濕了背。

「……」

真白盯著空太，而且還是用隱藏在帽簷下的眼眸向上望。從剛才開始就不對勁。真白的動作、態度還有言語，全都太具有破壞力。在這個時間點，空太的理性已經幾乎要被擊潰。

表情不一樣。肌膚原本就白皙的真白，今天的透明感又變得不一樣了。空太用餘光偷瞄，大概知道原因了。

「……妳、妳有化妝嗎？」

受不了沉重的壓力與沉默，空太戰戰兢兢地擠出聲音。

「嗯。」

是幾乎看不出來的自然裸妝。

「……」

「……」

真白的目光彷彿有所期待。然而，空太找不到回應的話語。可愛、漂亮、真不錯啊、看來比較成熟之類的，根本不是這種次元，現在眼前的真白比起往常的任何時候，都更激烈地擾亂空太的理性。他很快便感到口乾舌燥。

他想著話題，並將視線別開。

「是、是請美咲學姊幫妳化的嗎？」

「請她教我，然後我自己弄的。」

真白逼近般縮短兩人的距離。

「沒、沒想到化得還挺不錯的嘛。」

空太極度自然地挺起上半身，保持原來的距離。更靠近感受真白就太危險了。

「我很擅長塗東西。」

「把自己的臉當畫布嗎？」

不過這麼一想，就莫名能夠理解完全發揮素材優勢的妝感了。

「空太。」

「幹、幹嘛啊？」

「只有這樣？」

鼓起臉頰的真白往上看著空太。

「就、就只有這樣啦！」

「無所謂。」

看來一點也不像無所謂。

「無所謂。」

又說了一次。

「算了。」

「妳、妳很煩耶！話說回來，不是要去收集背景的資料嗎！」

空太以手指咚咚敲著真白手上的素描簿。

「對、對啦！這是為了收集資料！」

空太幾乎是說給自己聽，拚命說服自己是這樣沒錯。

「嗯。」

背後傳來這樣的回應，空太便先跨出腳步。

「……空太是笨蛋。」

立刻傳來這樣小小的聲音。應該不是錯覺。

首先要去的是代表小樽的觀光景點運河。

與真白並肩走在從車站延伸的寬廣步道上。不，真白總是慢個半步。

實在是令人坐立難安。

前方看得到海，心情應該很愉快，但與真白的節奏實在搭不起來，難以行走。

再加上對話總是熱絡不起來。

「還、還好今天天氣很晴朗呢。」

「是啊。」

「……」

「……」

「昨、昨天的札幌好玩嗎？」

「很好玩。」

「……」

「……」

「這、這樣啊，那真是太好了。」

「太好了。」

「……」

「……」

就像這樣，彷彿青澀情侶初次約會般不自然。

不，不是「彷彿」，說不定就是這樣。

真白稍微挑過服裝，連平常不化的妝都學會了。還有遲到時的反應，總覺得不管哪個都是。

——那麼，這是約會嗎？

一旦開始意識到，空太便越不知道該說什麼才好。

到運河不過十分鐘的路程，對話卻不熱絡，氣氛尷尬。

回想起昨天，與七海也像約會一般，不過彼此高明地保持距離，即便有時出現奇怪的氛圍，也都能想辦法撐過現在的微妙關係。然而，與真白卻沒辦法這樣。

空太心想至少要一如往常與她互動。

腦袋裡不斷反覆唸著要跟平常一樣。

但卻始終想不出原本是什麼樣子。

至今與真白究竟都是什麼樣的對話呢？

每天上學、放學時，也並非聊天聊個不停。真白不是話多的人，空太也不是特別愛講話。所以應該也有兩人沉默走路的時候。前陣子彼此都還對此不以為意。

然而，現在僅是對話沒能繼續，就有彷彿被揪緊胸口的窒息感。謎樣的壓力沉重地壓下來。因為莫名的焦躁，自然加快了走路的速度。想要早一秒到運河的想法變強烈。但即便抵達運河，問題也不會獲得解決……

兩人來到大卡車忙碌往來、單向就有好幾線道的大馬路上。對向步道看得到一些人潮，更往前應該就是運河了。

空太被紅燈攔阻而停下腳步，稍慢幾步的真白小跑步追上來。

「空太……」

空太出聲打斷她呼喚的聲音。

「運河好像就在前面囉。」

「……嗯。」

聽來彷彿欲言又止的回應。對於想說什麼就會清楚說出口的真白而言，這是很罕見的反應。

「嗯？」

「……沒事。」

像在鬧脾氣的說法，實在讓人感到在意。

綠燈亮了，空太便催促真白跨出腳步。

「幹嘛啊？想說什麼就說啊。」

「沒有。」

完全沒有進展。她到底在不滿些什麼？空太思考的同時已經跨越馬路，目的地小樽運河就在眼前。

就在大卡車頻繁交錯的道路旁。從照片上看到的時候，還以為會是更安靜的地方，周圍也有許多倉庫，以身為港灣都市發展的歷史思考，這樣的形態感覺上更自然。

往下十幾個階梯……比道路低三公尺左右的地方，沿著運河設置了通道。

「要下去嗎？」

「嗯。」

走下階梯，景色煥然一新。由於視點更低，感覺一口氣貼近看到照片時的印象。不，是完全變成那樣。

平穩的水面；令人感受到歷史痕跡的倉庫櫛比鱗次。由於完全看不見大馬路，所以絲毫不在意車輛往來。

造訪的觀光客各自度過悠閒的時光。在柵欄前眺望水面的情侶檔，還有拍紀念照的銀髮族夫妻，也看得到零零星星嬉鬧著的水高學生。

還有坐在長椅上畫運河風景畫的人，不知是否為本地人，畫得很美。大型軟木板上展示著幾張風景明信片大小的畫，還標示著價錢。

至於真白，不知什麼時候已經挑好地點，翻開素描簿。她緊貼著防止掉落的柵欄，開始素描。她的右手俐落地動著，一旦進入這種狀態，跟她說話也沒用。

空太在旁邊空著的長椅上坐下，眺望著專注於揮動鉛筆的真白背影。

站在運河畔虛幻般的少女；充滿異國風情的老舊建築，實在就像一幅畫。彷彿置身於數十年前的異國——這樣的錯覺迎面而來。

過沒多久，這樣的真白身邊開始有人群聚集。每個人都是對真白彷彿玻璃藝品般易碎的纖弱氛圍看得入迷，因而停下腳步。然後無法將目光從她認真的眼眸移開，最後探頭看素描簿之後，便發出「好棒」、「好厲害」或「哇～～」的驚呼聲。

然而他們都不知道，對真白而言，就連這都只是簡單的素描，就像草稿一樣，只不過是用來當作漫畫背景參考資料而已……

「妳實在是很厲害呢。」

擁有瞬間吸引他人目光的魅力，具有瞬間奪走他人心靈的才能。

也許這已經可稱為魔力了。

空太也是深深受到吸引的其中一人。

無關道理。藉由壓倒性的才能，以及在所不惜的努力，讓周遭承認自己的存在。

讓行動與結果連結的力量。

真白具有空太想要得不得了的能力。

「空太。」

空太聽到有力的呼喚聲，回過神來。

真白的臉就在眼前。她的身子前傾，正面看著坐在長椅上的空太的臉。

「喔！」

空太反射性退到椅背，拉開距離。

視野變開闊，得以掌握真白全身的樣子。不過，他的視線自然被一點所吸引。

微微敞開的衣襟，連鎖骨下方的雪白肌膚都看得見。空太的意識集中在水藍色內衣上。

遲了一拍，感覺到不妙的腦袋發出指令。

迅速抬起視線，立刻與真白四目相交。

已經被發現自己在看哪裡了嗎？

結果很快就出來了。

真白像要壓住衣服空隙般，用素描簿遮掩胸前……

「你在看哪裡？」

「不、不是啦。」

「不能看喔。」

「我、我都說不是了！」

「這種事要男朋友才可以。」

「妳、妳怎麼會在這種狀況下講這種話！」

腦袋沸騰，什麼也無法思考。

「空太也喜歡胸部嗎？」

「別把我跟伊織混為一談！」

「那麼，是不喜歡嗎？」

「不是喜歡不喜歡的問題……視線忍不住會飄過去，可、可以說是本能吧，看得到就會忍不住去看。因為好像看得到所以會看，這就像是聽到零錢掉落的聲音，任何人都會忍不住轉過頭去是一樣的道理啦！」

「大的比較好嗎？」

「完全不把我拚命的辯解當一回事嗎！」

「像美咲那樣？」

「那種程度的不太常見吧。」

「麗塔也很大。」

「是、是啊。」

「你看過嗎？」

「我是指從衣服外觀上看起來啦！」

「聽說搓揉就會變大，是真的嗎？」

「我想那應該只是都市傳說，不過，別問我這種東西啦！」

也許存在著能變大的按摩法也不一定……

「話說回來，我們可不可以不要在代表小樽的觀光景點正中央聊這種話題？」

「我也不想聊這種話題。」

「明明就是椎名問奇怪的問題吧！」

「……」

「為什麼不講話？」

「……」

「行使緘默權嗎？」

真白點點頭。

「……真要說的話，椎名也太沒防備了。」

「……」

真白持續行使她的緘默權，以眼眸傾訴著什麼。對於這樣的真白，空太感到有些不協調。就對話來看應該要生氣的部分卻沒生氣，反而像是垂頭喪氣。

自己應該沒有說什麼嚴苛的話……

「椎、椎名？」

出聲叫喚她，她又更顯得沒有精神，完全陷入沮喪。真是讓人完全搞不懂。

「幹、幹嘛啊？妳想說什麼的話……」

空太話都還沒說完。

「沒事。」

細小的聲音掩蓋過去。

「……」

莫名其妙。這到底是怎麼回事？她確實有什麼覺得不開心的地方，但那到底是什麼，空太完全沒有頭緒。

「資料收集……好了嗎？」

所以只能轉移話題。

「嗯。」

「那就到其他地方去吧。」

「嗯。」

空太帶著看起來情緒低落的真白離開運河。

3

從運河的馬路折返，前往北之牆街。

根據事前在旅遊書上查到的資料，那裡似乎曾經是北海道的經濟中心，是明治時代到昭和時期所建造西式建築的銀行十分密集的區域。

如此構成獨特的街景，空太與真白穿梭在其中。

真白同樣保持跟在空太後方一點的距離，即使空太停下腳步等她跟上，一回過神又發現她在後方慢了幾步。

每當空太停下腳步，她便直盯著空太的腰際送出無言的訊息。

「……」

「椎名，有什麼事就直說。」

「……手。」

「嗯？」

「我想牽手。」

「……」

腦袋拚命處理她說的話，然而卻是徒勞無功，腦內無法協議如何應付這種情況。

「手是指我跟椎名嗎？」

「沒錯。」

「等一下，這不太好吧！」

「為什麼？」

水高學生能夠步行遊覽的觀光景點相當有限，在小樽車站前看到了好幾個人，運河那邊也有一些人，就連剛剛在北之牆街也與兩三組人擦身而過。要是在這樣的環境牽著手走路，究竟會發生什麼事？答案顯而易見。流言一定會以光速散播開來。

「為什麼？」

真白又問了一次。

「……」

說不出腦海中已經準備好的理由，因為空太已經發覺那只不過是表面的藉口而已……

會對真白的要求感到困擾，並不是因為在意周遭目光這種問題。

根本無需將他人牽扯進來，必要的登場人物只要有空太跟真白兩個人就夠了。

在現在這種尚未回應告白的狀況下……怎麼能以曖昧的關係與真白牽手。

這才是真正的理由。

「反、反正不行就是了！」

「空太是笨蛋……」

幾乎聽不見的微小聲音，聽來極度消沉。

「椎、椎名，妳看，那邊有好像很有意思的商店喔。」

空太試著改變氣氛，指著前方的木造古建築。那是在小樽很常見的玻璃製品商店。

不待真白回應，空太率先走入店裡。

真白也確實跟了進來。

在窄小但擺設整齊的店內，到處擺滿了玻璃製品。

玻璃杯、紅酒杯、無腳酒杯及像水壺的製品，甚至還有動物造型的擺飾跟飾品。

紅、黃、橘、綠、藍、紫，每個都色彩鮮豔，在店內閃閃發光。

「好漂亮。」

真白拿起帶著漸層水藍色的玻璃杯，幾乎與玻璃杯同樣透明的眼眸閃著光芒。

看來似乎有興趣。

空太暫時鬆了一口氣。

「教育旅行嗎？」

親切地如此攀談的，是一名看似二十五到三十歲之間的女店員。

「啊，是的。」

「裡面的工作室也能體驗製作，要不要試試看當作回憶？」

看她笑容可掬的樣子，大概是把空太與真白當成是在教育旅行約會的青澀小情侶了吧。

然而，因為實際上正處於有些複雜的關係，所以覺得很困擾。

「體驗製作就是對著那根棒子前端正在燃燒的玻璃吹氣嗎？」

「是的，就是吹氣的那個。」

不知在電視上看過多少次的景象，利用滾燙的鍋爐將玻璃熔解，邊轉動邊用吸管狀的棒子吹氣，整理出形狀。雖然想嘗試看看，不過外行人做得來嗎？況且看起來很燙的樣子。

「空太。」

在這個時機點被點名，完全只有不祥的預感。

「幹、幹嘛？」

「我要做做看。」

「等等、等等，妳要是燙到可就不得了了！」

「如果擔心的話，也有不需用到火的東西。」

店員間不容髮地插話推銷。

她從裡側的櫃子拿了玻璃杯過來。那是個混著透明與霧面的玻璃杯，上面似乎還刻了咬著鮭魚的熊。

「這個霧面粗糙的部分，是吹入沙子做出來的。這叫做噴沙，能把自己畫的圖刻上去喔。」

真白似乎對拿來當樣品的玻璃杯很入迷。

這就不用擔心燙傷了。應該不要緊吧。

「那要做做看嗎？」

「要。」

真白立刻回答。

如同女店員所說的，體驗工作室就在店的裡側。

指導解說員是位男性，推測大約是三十歲的大叔……不，是大哥。總之，聽完說明，空太與真白並肩坐在作業桌前，開始在拿到的紙上畫圖。

接下來便是剪裁，做出形狀。

真白默默在紙上揮動著筆。

空太畫了線又塗掉，接著又畫了線然後又塗掉。

大約十分鐘的作業後，解說員大哥開始聊起天來。

「你的女朋友真可愛啊。」

「咦？啊，不，她不是我的女朋友。」

「啊，是這樣嗎？」

雖然不懂解說員在期待什麼，不過他很明顯露出失望的表情。

「我喜歡空太。」

埋首於作業的真白抬起頭，突然說出這樣的話，看來很不滿的樣子。該不會是對否定是女朋友一事感到生氣吧。即便如此，現在的狀況也無法說她是女朋友。

「喔、喔喔？」

工作室大哥理所當然感到驚訝。

他眨了幾次眼睛問道：

「你是空太？」

「是。」

空太無可奈何只好舉起手，有種像是舉手投降的心情。

「七海也喜歡空太。」

真白接著又投下巨大的震撼彈。

工作室大哥的目光毫不客氣地丟出「七海又是誰？」的疑問。

這下子不只是投降，只能俯首就縛了。

「是同班同學。」

「喔喔！」

這次則是混著雀躍的驚嘆聲。

「這就是那個吧？那個啦，三角關係！」

大哥完全興奮起來。這也難怪，對外人而言應該是很有趣的故事。

「哎呀哎呀，我真是嚇了一大跳，第一次真實遇到呢。三角關係原來真的存在啊。三角關係……呃，真是太令人驚訝了，三角關係！真是看不出來，沒想到你這麼受歡迎啊！」

「是……」

不知為何，被窮攻猛刺到這種地步，反而覺得神清氣爽。

在露出苦笑的空太身旁，真白突然站起身。

「唔喔！怎麼啦？」

「……」

低著頭的真白，頻頻磨蹭著大腿。

「椎名？」

「……」

「洗手間在那後面喔。」

工作室大哥手指著深藍色的布簾。

真白不發一語往後面走去。

「想去廁所直接說不就好了嗎？」

「少年，你真是不懂啊。」

「咦？」

「那就是所謂的少女心啊。」

工作室大哥似乎覺得自己說的話很有道理，不斷點著頭。

從洗手間回來的真白看來像是在生氣，又像在鬧彆扭，也像覺得沮喪，還帶著一些類似害羞的複雜氣氛，沒跟空太對看就回到位子上。

「空太是大笨蛋。」

接著立刻以剛好勉強聽得到的細小聲音說道。

「妳這樣太不講理了吧？」

「……」

真白對要求她把話收回的空太視若無睹。

「好了。」

她中斷話題，展示出完成的畫作。

不需多說，總之就是非常厲害的作品。十隻貓咪排成一列行進，應該就是空太養的貓，從前面開始依序是小光、希望、木靈、小翼、小町、青葉、朝日，然後是瑞穗、小燕與小櫻。

試著放在玻璃杯上，正好繞了一圈，前頭的小光跟在小櫻的屁股後面，完成了不斷繞圈圈的模樣。

「喔喔，女朋友畫得很棒呢。」

「我都說不是女朋友了……」

空太如此糾正，真白又投以不高興的眼神。

工作室大哥則完全沒把空太的話聽進去。

「相反的，男朋友畫得很爛呢。嗯，實在很爛，爛到會笑出來。」

大哥如此說完，便真的哈哈大笑起來。

「工作室大哥對客人說的話真是過分啊。」

「我從小就是這麼率真，成績單上也這麼寫呢。」

「級任導師還真有看人的眼光啊。」

「對吧？」

連冷嘲熱諷也用笑容化解了，一派輕鬆的樣子讓人想起了仁。

「不過，嗯，看起來倒也不能說不像蝙蝠啦。」

「我畫的是貓。」

「好，那就開始切割作業吧。」

大哥巧妙地略過空太說的話。

他一臉彷彿什麼事都沒發生的表情，從筆筒抽出兩支美工刀，笑咪咪地遞給空太與真白。

4

作業開始後約過了一個半小時。拿到了完成的玻璃杯，空太與真白離開製作體驗工作室。

兩人走在伴手禮店及點心店櫛比鱗次的堺町本通，直到遇到十字路口。途中逛了賣音樂盒及蠟燭的商店，還在有名的點心店買了年輪蛋糕吃完了。

接著，在夕陽西下的下午六點回到飯店大廳。

零星可見水高的學生。大概是與空太他們一樣，剛結束小樽遊覽回來了吧。明明沒事卻有幾個人站在大廳閒聊，散發出捨不得回房間的氣氛。

空太走向電梯，不經意問了真白：

「小樽還好玩嗎？」

「……」

原以為真白會率直回應，結果卻什麼也沒說，甚至突然在大廳正中央停下腳步。

「椎名？」

空太回過頭去叫她。

「……」

她一臉嚴肅的表情。

「怎麼了？」

「……好無趣。」

空太瞬間還不覺得那是真白的聲音，也不覺得那是在對自己說話。

「咦？」

口中發出嘆息般的聲音回問，肌膚感受到周遭的空氣急速冷卻下來。

「好無趣。」

真白在胸前緊抓著脫下來的帽子，一臉懊惱之中還混著悲傷的表情，也許還有焦急與後悔的情緒。

猶豫著要如何回應的空太，視線在空中飄移。櫃台小姐大概是察覺到了不平靜的氣氛，正看著空太他們。柱子前擺著有很醒目的大片葉子的觀賞植物，天花板上是明亮璀璨的吊燈。不過這些全都沒進到空太的意識中，結果視線還是立刻回到真白身上。

緊抓住帽子的手在顫抖。空太看了察覺到一件事——真白應該帶著的東西不見了。

「妳的素描簿呢？」

真白的雙手都抓著帽子。

在工作室裡做的玻璃杯雖然放在空太的包包裡，但並沒有也放了素描簿的記憶。空太看了包包，裡面果然沒有。

「不見了。」

「忘在哪裡了嗎！」

之所以會忍不住大聲，是因為對真白說出「好無趣」感到動搖。

「我去找。」

空太轉身正準備走出去，背後傳來真白的聲音：

「不用了。」

「什麼？」

空太焦躁地回頭。

「不用了。」

「為什麼啊！那是漫畫重要的資料吧？」

「不需要了。」

「妳在說什麼啊？」

「我不需要。」

「妳今天很怪耶。」

「奇怪的人是空太。」

真白將嘴唇緊閉成一字型，帶著不滿的視線望了過來。不，也許說瞪會比較貼切。

「我哪裡怪了？」

「最近老是躲著我。」

「！」

驚訝貫穿全身，渾身緊繃，嘴唇不禁顫抖。即便如此，唯獨心裡還激烈地反抗。

「為什麼現在會說到那裡去！」

為了隱藏不想被碰觸的罪惡感，本能拚命啟動。空太感覺自己情緒激動，焦躁不耐，寒毛倒豎。然而就算有這樣的自覺，卻完全克制不住。

「你為什麼要生氣？」

當然是因為被說中心事了。

不過，接著從空太嘴裡說出來的卻是其他話語。

「都是因為妳說了奇怪的話！」

空太說完之後，腦中還些微殘留的冷靜立刻理解不能感情用事。

「……不對，我沒在生氣。」

然而，事到如今才慌張壓抑聲音，仍隱藏不住焦躁的心情。

「說謊，你明明在生氣。」

當然，真白也感受到了。

「覺得不高興的人是妳吧。」

空太背叛了告訴自己要冷靜的心情，說的話變尖銳，不斷攻擊真白。除此之外，沒有其他方法能保護不想被碰觸的部分。

「都是空太害的。」

「啊？」

「也不稱讚我的衣服！」

真白的聲音響徹大廳。在旁邊看著的水高學生們的氣息變得更加強烈，注意力集中在平常安靜的真白發出的大音量。

「頭髮也花了心思。」

「……妳在說什麼？」

現在是在談這種話題嗎？

「還化了妝。」

空太問的是素描簿的事。

「又走好快！我因為穿涼鞋腳好痛！」

真白說的話聽來只覺得不講理，空太內心卻困惑著不知該如何反應，沒有任何解決對策。

「也不叫我的名字！」

「……」

「明明說好兩人獨處時要叫我的名字……」

眼前的真白一臉泫然欲泣的表情。

看著空太……只看著空太，責備空太。

「我也好想牽手！」

旁觀者不斷增加。現在正好是自由時間結束，水高學生回到飯店的時間……

「那是怎樣？怎麼了嗎？」

「情侶在吵架嗎？」

「那個是椎名同學吧？那兩個人在交往嗎？」

大廳吵吵嚷嚷地喧鬧起來。

就連一般遊客也因為這樣的突發狀況而停下腳步。眼角餘光看到櫃台小姐正猶豫著是否要過來阻止。

「椎名，等一下，過來這裡。」

還是換個地方比較好。空太這麼想著，抓住真白的手臂。

「放開我。」

卻立刻被甩開。

「在這裡的話，大家都在看……」

「那又怎麼樣？」

「……」

「我是在跟空太說話。」

真白露出「除此之外一點也不重要」的眼神。

「……」

現在說什麼似乎都沒有用了，也不知該以什麼樣的表情面對。如此困擾於該怎麼應付真白，這還是第一次。

接著，空太的困惑更惹惱了真白。

「……算了。」

「什麼啊？」

「我不管空太了！」

她把帽子丟向空太。

「什！」

空太慌張地護住臉，帽子掉落在地。當他睜開瞬間閉上的雙眼時，真白已經快步走向電梯。

深谷志穗從看熱鬧的人群中跑了過來，撿起掉在空太面前的帽子，追上真白。雖然一度把似乎想說什麼的目光轉向空太，結果什麼也沒說，所以還是不知道她想說什麼。

「可惡！」

直到看不見真白的身影，空太如此吐露出煩悶的心情。然而即使咒罵完了，心情也沒變好；就算踹了地板，焦躁的情緒還是不斷膨脹。

要是繼續留在這裡，自己會瘋掉。

空太走向逃生梯的方向，加快腳步越走越快，一步跨兩階往上跑。

來到五樓的時候已經氣喘吁吁，心臟撲通撲通狂跳不停。

來到走廊，在今晚住宿的503號房前停下腳步。

他將手伸向門把，握住門把的手卻沒有動作。

「……」

焦躁不耐翻攪著胸口。

「我自己也很清楚啦！」

是自己不對。

是還沒回應的自己不對。

這種事，空太自己最清楚不過了。即便如此，他也不知該用什麼樣的態度面對今天很積極的真白。

稱讚她的衣服、對她化妝感到驚艷、牽她的手、叫她的名字就好了嗎？處在心裡還沒找出答案的現在這種曖昧關係，怎麼可能做出這種事？不能只用表面的言語或態度來對待認真的真白。

「不然我要怎麼做才對！」

空太任由情感驅使，腦袋用力撞了房門，發出砰的聲音。過了一會兒，一陣炙熱的痛楚在額頭逐漸擴散開來。

「好痛。」

空太如此自言自語，將包包放在門前，又折回逃生梯的方向。腳步加快開始小跑步，回過神來已經全力衝刺跑下樓梯。

回到一樓，與剛回到飯店的水高學生人潮反方向衝向大廳外。

全力奔跑在夕陽西下的小樽街道上。

「可惡！」

空太發出煩躁的聲音，自己也不清楚究竟是對什麼感到煩躁，腦袋變得越來越不清楚。

只是上氣不接下氣，強忍著痛苦，一邊抱怨一邊繼續奔跑……唯獨已經明確理解根本的原因何在。

就是真白。

她的存在讓空太莫名地不斷狂奔。

「到底是怎樣啦！」

路人被空太突然的吶喊嚇了一跳。明明是自己的身體卻完全不聽使喚，身體自顧自的奔跑，內心擅自吶喊。一旦停下腳步、不再叫喊，胸口中央翻騰的情感便會滿溢出來，身體幾乎就要破碎。所以只能奔跑，只能大喊。

空太首先來到運河。

白天來這裡的時候，真白還帶著素描簿。她還站在柵欄前畫了畫。

空太走下階梯，站在運河畔。環顧四周，也沒看到這樣的東西。

速度慢下來之後便開始飆汗。空太毫不在意地用袖子擦掉，不過頭上又立刻流下汗珠。

兩人走過的地方全部找過一遍。一旦確認沒發現素描簿，空太便再度跑了起來。

折返一條街後，前往北之牆街。

與白天相比，人果然變少了。對東張西望的空太而言，反而更好辦事。

穿過北之牆街，來到各式商店並排的堺町本通。

總之，先依序找過與真白去過的地方。

凡是走過的商店，都一一詢問店員有關素描簿的事。雖然店員一開始都對臉色大變的空太露出困惑的表情，不過大家都記得真白，因此很快就理解了。空太對此並不覺得驚訝，或者該說這是理所當然。

往南穿越馬路，再稍微往前走就是與真白最後一起逛的音樂盒專賣店，再過去的地方就沒去過了。

空太已經氣喘如牛，肺部感到疼痛，感覺得出心臟正急速將氧氣送到全身。不過，氧氣的供給似乎完全趕不上，口中也乾渴不已，無法順利吸入空氣。

速度完全慢了下來，雖然想全力衝刺，但腳已經不聽使喚得幾乎要纏在一起。好幾次都失去平衡，差點要跌倒在地。

來到音樂盒專賣店前，空太的喉嚨哽住，發出一陣猛烈的咳嗽，也因此被十字路口地面的高低差絆到了腳。

耗盡能量的雙腳完全支撐不住，空太就像小孩般豪邁地摔倒了。

瞬間撐向地面的雙手掌心與磨破的膝蓋一陣滾燙。仔細一看，褲子的膝蓋部位已經破了一個大洞。

空太氣喘吁吁，無法即刻站起身來。

扭轉身體，好不容易換成仰躺的姿勢。

石頭路面還隱約殘留著白天的溫度，背後莫名感到微微暖意。

「全都是椎名害的啦！」

空太猛然發出這樣的聲音。

是什麼或為什麼，理由一點也不重要。

只是現在空太會變成這樣都是因為真白，只有這點是確定的。

至今也都是如此。

從相遇開始就一直是這樣……

空太總是被真白耍得團團轉。

——你想要變成什麼顏色？

在藝大前站的公車總站前，視線被她彷彿玻璃製品的易碎夢幻深深吸引。突如其來的提問，讓空太激烈動搖不已。

——空太真不錯，唸起來很好聽，我喜歡。

毫無防備的發言令人心跳加速，內心輕易便受到了吸引。當時胸口高漲的鼓動成了忘不了的回憶。

不過，真正更受到衝擊是在那之後。

對凌亂不堪的房間感到愕然，得知她是無法自己換衣服的生活白痴，因而陷入絕望。

還被迫負責照顧真白……每天得幫她挑選換穿的衣物；幫她洗換洗的衣服；洗完澡還得幫她

吹頭髮；為避免她迷路還要一起上下學；不喜歡吃的東西全都要幫她吃下肚……一直以來都過著這樣的日子。

負責照顧真白的生活，迄今已經超過一年。

因此空太比任何人都更靠近就在身旁的真白，並與她互動親密。

她喜歡的食物是年輪蛋糕；炸蝦要脫皮後才吃；菠蘿麵包只吃酥皮的部分；在桌子底下睡覺，不過那是因為她每天都畫漫畫畫到睡著，專心朝向目標。一旦決定了就絕不猶豫，這樣的堅強也令人胸口發疼。她還會沒結帳就自顧自的吃起商品；遇到不高興的事就會板起臉；個性不服輸，非常頑固，因此當她開始鬧彆扭時，要取悅她就是件很麻煩的事；糾纏不休，遇到不懂的事會歪著頭的動作非常可愛；呼喚空太名字的聲音讓人覺得很舒服；有時會做出一眼就能看穿是不懂裝懂的舉動，實在很好笑；能畫出超乎想像的畫；對自己的才能既不陶醉也不感到驕傲，這樣的態度實在很了不起。明明是這麼厲害的傢伙，自己一個人卻什麼也做不了，讓人覺得既怪異又有趣。照顧她有時很辛苦，會被她毫無防備的姿態搞得小鹿亂撞，偶爾露出羞赧的樣子也讓人受不了，還會被她凝視著自己的清透眼眸吸引，雖然纖瘦卻強有力的聲音聽在耳裡感覺很舒暢。她還讓空太如此東奔西跑，讓空太感到如此困擾，讓空太煩躁不耐，擾亂空太的內心……

還有，說出喜歡空太的真白……

例子舉都舉不完。

總括這些在內，真白就是真白。

總括這些在內，一起在櫻花莊生活至今，即便也曾吵架而搞得氣氛尷尬……

總括這些在內，真白這個人的存在已經穩穩占據了空太的心。

對她的飄渺虛幻感到心動不已，因她纖細的聲音而胸口鼓噪，被她莫名其妙的言行舉止耍得團團轉，也吃了不少苦頭，同時感到煩悶焦躁。面對真白的堅強，也有過心如刀割的痛楚。

曾幾何時，空太心中已經存在這麼多的真白。

真白給了空太這麼多的感情。

而空太對真白的感情，並不是一個單字……「憧憬」就能下結論這麼單純。

雖然憧憬也是對真白所抱持的情感之一，但並非只有這樣。這並不是全部。

彙整所有的情感，會產生什麼呢？

「……」

空太閉上眼睛，向自己提出疑問。

——這種事問學弟的這裡就知道了。

腦中突然浮現美咲說過的話。

「問這裡就知道了啊。」

空太把手放在胸前，又問了一次。

「……」

他看見了一道光芒。光芒之中，真白微笑著。

「原來是這樣啊……」

或許其實早就知道了。

只是逃避承認這件事。

試圖否定其中之一。

因為沒有正視「兩種情愫同時存在」的勇氣……

然而，不得不去面對的時刻到來了。

空太睜開眼，覆蓋北方大地的滿天星星俯瞰著自己。

5

在最後一線希望的音樂盒專賣店，也沒能找到真白的素描簿。

空太無可奈何，只能一邊在走來的路上繼續尋找一邊折返。

然而，即使回到運河，還是沒有看到疑似素描簿的物品。

體力已經到達極限，空太到運河畔，疲累地坐在長椅上。

調整紊亂而發出怪聲的呼吸，連耳朵都變得怪怪的，彷彿在高處產生耳鳴。他嚥了好幾次口水，試圖讓耳朵恢復。

由瓦斯燈照亮的夜晚的運河與白天完全不同，顯得浪漫有氣氛。不知道是不是自己多心，總覺得觀光客也以情侶檔占多數。一個人坐在長椅上的，大概只有空太而已。

這時有個嬌小的影子逐漸靠近空太。

「空太學長。」

「……」

空太不發一語地抬起頭，看到把手揹在背後的栞奈就在眼前。

「竟然會在這個地方碰到，還真巧啊，栞奈學妹。」

「並不是巧遇。」

「嗯？」

「因為我在飯店的大廳看到空太學長與椎名學姊。」

「這樣啊……真抱歉，還讓妳擔心了。」

栞奈是因為這樣才追出來的嗎？

「不，不是那樣的……是有東西要給你。」

栞奈有些顧慮地從背後拿出來的，是一本看過的素描簿。

「啊！」

空太雙手猛然伸向素描簿。

「我就是一直在找這個！」

「所以我才送過來的。」

「栞奈學妹也幫忙找嗎？真是太感謝了。」

既然已經聽到空太與真白的對話，這也不難理解。

「不，那個……」

栞奈的視線游移不定。

「中午之後，我們也在小樽……」

她似乎從剛才開始就有些吞吞吐吐。

「然後，偶然看到空太學長與椎名學姊……」

聽到這裡，空太終於明白栞奈想說的話。簡單來說，就是她跟蹤空太與真白。

「只是走的方向偶然相同，然後發現椎名學姊把東西忘在伴手禮專賣店。」

「……」

「……」

栞奈自己大概也知道理由太牽強了。

「現在倒是很感謝這些偶然呢。」

「你不生氣嗎？」

「我生氣比較好嗎？」

「沒有受罰就被原諒，總覺得無法平靜。」

「栞奈學妹太正經了。」

「因為我已經做好挨罵的心理準備。」

「這樣啊，不過真抱歉，我現在沒有這種心情。話說回來，妳為什麼會拿來給我？拿給椎名不就好了嗎……不然至少給我一通電話，我也不用在夜晚的小樽全力衝刺了。」

「空太學長的手機號碼跟信箱，我都不知道。」

微微鼓起的臉頰訴說著不滿。

「啊，說得也是……」

被她這麼一說，空太確實沒有交換過號碼的印象。大概是因為會在櫻花莊頻繁見到面，所以不特別覺得需要。

「現在就來交換吧。」

空太如此提議並拿出手機。

「好的。」

極為自然地接受的栞奈，卻在打開揹在肩上的包包時發出微小的聲音：

「啊！」

表情還變僵硬了。

「忘了帶來嗎？」

「不、不是。那個……」

「啊～～不願意告訴男生電話號碼？」

「也不是。因為比起一般男性，我已經比較信任空太學長了。」

她別開視線如此說道。

既然這樣，就更搞不懂她為什麼猶豫了。

「那、那個……沒有別的意思喔。」

她露出帶有反抗意味的目光如此辯解。

接著大概是下定了決心，終於拿出手機。是設計簡單的白色手機，上面掛著的吊飾是昨天空太買給她的紀念品，白熊版「咬人熊～～」。

「這麼快就繫上去啦。」

「不、不行嗎？」

「不，這樣反而比較好。」

兩人這麼說著，彼此打開了紅外線，冒出了手機號碼與電子郵件信箱。

琹奈似乎還規矩地改了登錄的姓名。

稍微瞥了一眼，發現她把「神田空太」改為「空太學長」。

表情看來似乎有些開心。

「我會專程跑來找空太學長，也是因為有事想問你。」

空太一時間不明白她說的是什麼，不過立刻察覺是回到原來的話題上。應該是針對剛才空太說直接還給真白就好的回應吧。

「想問我的事？」

「……我可以坐在你旁邊嗎？」

琹奈的視線望向空太旁邊的空位。

「當然可以。」

「打擾了。」

她客氣地說完，坐了下來。

「那麼，妳想問我什麼？」

琹奈的目光直盯著運河水面。

「如果一直看著一個人，這就是戀愛嗎？」

「應該是吧。」

明明是突如其來的提問，空太卻自然回答出來，連自己都感到驚訝。也許是多虧這幾週都在想這件事的緣故吧。

「聽到那個人的聲音，就會忍不住尋找他的身影，這也是戀愛嗎？」

「我想應該是。」

空太也像栞奈一樣，將視線投向平穩的運河，不過意識卻向著其他地方。浮現在腦海的是有關真白與七海的事……

「每天晚上睡覺前都會想著那個人也是嗎？」

「嗯。」

空太發出平靜的聲音，點了點頭。

接著，緩緩起身。

「就算跟那個人吵架，對那個人感到火大，心想再也不想見到那個人了，甚至連話都不想說，最後如果滿腦子還是那個人，那一定就是戀愛了。」

他繼續說出現在感受到的心境。

「空太學長所說的『那個人』，指的是椎名學姊嗎？」

「……」

「還是青山學姊？」

栞奈毫不留情地問道。

「……」

空太不禁為之語塞。然而，不可思議地並沒有窒息感，大概是因為接受了自己剛才說出口的話。說不定是因為已經逐漸接近以往感覺模糊，所謂「喜歡」這種心情的真面目。

「我對討厭的東西就是討厭。」

不待空太回答，栞奈說出自己的意見。

「這樣啊。」

「我無法輕易原諒吵架的對象，而且會持續很久。我不想再跟自己感到火大，連臉都不想見到的對象說話。」

「真是嚴格啊。」

「我討厭傷害我的人。」

「……」

「所以聽了空太學長的話，我覺得很羨慕。」

「羨慕？」

「即使吵架了，就算覺得很生氣，卻還是喜歡，我認為這是很棒的事。這就表示，連討厭的部分也喜歡的意思吧。」

「是這樣嗎？」

「雖然有點偽善者的感覺。」

「也許就是這樣啊。」

空太嘴角浮現苦笑。

「不過，我覺得不管好的或壞的部分都能被空太學長喜歡的人，實在是非常幸福。」

直到最後，栞奈的目光始終落在運河水面，完全不回應空太的視線。她緊緊握著放在膝蓋上的拳頭，側臉看來正頑強地試圖守護住什麼一樣。

「我要回飯店去了。」

空太想著該怎麼回應的同時——

「繼續待在這裡，我會想把空太學長推進運河。」

栞奈如此說道。

「為什麼！」

「因為學長對我撒了謊，希望你能受到相對的報應。」

「咦？」

完全不知道她在說什麼，空太皺起眉頭。

「之前你不是告訴過我你喜歡的人嗎？」

「啊……」

那是在栞奈被流放到櫻花莊之前的事。偶然知道了栞奈下半身狀況的空太，告訴她用來當作羞恥心抑制力的祕密……也就是自己喜歡的對象。

「我那時真的那麼認為，雖然妳也許不相信。」

「我可以相信空太學長，因為我有自信看穿學長的謊言。」

「那是表示我很單純嗎？」

大概是看到空太苦悶的表情而覺得開心了，栞奈的嘴角浮現笑容。

接著她無視空太的問題，俐落地起身。

「那麼，我要回去了。」

「要不要我送妳回飯店？」

「不，不用了。飯店就在那邊而已。」

栞奈如此說著，手指向空太等人投宿的飯店。

看來今天似乎也訂到同一家飯店。

「路上小心喔。」

「好的。」

姿勢端正、挺直背脊的栞奈逐漸遠去，很快爬上階梯，接著便看不見背影了。

剩下自己一個人之後，感覺四周突然沒了聲音。

栞奈離去後，只留下手上的素描簿。

空太不經意翻頁。

真白畫的運河持續了好幾頁。

雖然明知道只是草稿，但就空太看來，仍然搞不懂這哪裡只是草稿的程度，就這樣直接拿去賣應該也沒問題。比起自己眼睛所見或拍成照片，從真白的畫裡更能感受到這街道的情緒、人們的動作等有血有肉的溫暖。不管何時看都覺得實在很厲害，內心覺得感動也受到動搖。

空太繼續翻頁。

還有札幌電視塔、大通公園、鐘樓的畫。是昨天真白去的地方。

接下來畫了什麼呢？空太抱著類似期待的心情，繼續翻頁。

「這個是……」

映入眼簾的是出乎意料的畫，類似漫畫的頁面。

在沒有畫格子的頁面，以隨意的排列方式畫了像是情侶檔的情境畫作。

即使不仔細端詳，也知道男孩子像空太，女孩子像真白。

一開始兩人在車站會合。以簡單的台詞「洋裝好可愛」、「髮型跟平常不一樣」等表現出對話。女孩被稱讚而感到開心，還有被呼喚了名字而靦腆羞澀的場景。

並肩而行的情境當中，兩人和睦地牽著手，男孩子配合女孩子緩慢的步調。

有著只屬於兩人的時間、只屬於兩人的空間。

這些都與空太和真白今天一整天的情況相似。雖然結果大不相同，但情況幾乎一模一樣。

帶著青澀的約會情景。

至少真白是以這樣的心理準備來赴約的。

真白像這樣畫成畫，以自己的方式演練今天的計畫，想與空太度過快樂的時光……

然而，尚未回應告白的空太，現在無法輕率地稱讚她的服裝、與她感情融洽地牽手逛街。

而這卻傷害了真白。

既然如此，究竟什麼才是對的？

空太如此思考著，繼續翻下一頁。

還是漫畫般的畫。欣賞夜景的兩人、搭乘纜車的兩人、眺望教堂的兩人。

大概是描繪出去函館想做的事，每個都是旅遊書上刊載的函館觀光勝地。

以現在這樣的心情實在無法實現，空太胸口不禁一陣刺痛。

闔上素描簿。

為什麼會變成這樣呢？

一直以為自己喜歡真白。

應該是喜歡她的。

然而，什麼也做不到的自己實在很窩囊……

不斷前進的真白看來好耀眼……

空太在去年的聖誕夜，將內心萌生的情感蓋上了蓋子。

也許那根本就做錯了。硬是受到壓抑的情感原本應該是直率的，現在卻扭曲成這副德性，扭曲得幾乎搞不清楚哪邊才是前面……

因為這樣傷害了周遭的人，自己也感到痛苦。自己到底在幹什麼？

空太漠然看著正前方的倉庫，這時突然有人叫了他的名字。

「……空太。」

看看右邊，又看看左邊。

距離約四、五公尺的瓦斯燈底下，真白就佇立在那裡，很珍惜似的將素描簿抱在胸前。

「妳……」

空太立刻明白她是因為弄丟了素描簿，所以又過來畫畫。

他反射性起身，真白便往後退。

胸口隱約一陣刺痛。

「這個。」

他把素描簿拿給真白看。

「啊。」

真白口中發出微小的聲音。

「我可以過去妳那邊嗎？」

「……嗯。」

聲音細微得幾乎聽不清楚。

空太確認每一個步伐似的緩緩靠近真白。

他把素描簿遞過去，真白大致確認了內容。

「是我的。」

「是琹奈學妹找到送過來的。」

「得向她道謝。」

「嗯，是啊。」

「……」

「……」

事情解決後對話便中斷了。

「那個，椎名。」

「……什麼事？」

「抱歉，就算我覺得椎名的衣服很可愛，現在的我也不能稱讚。就算對妳化的妝感到心跳加速，我也不能說出口。」

「……」

「我不能牽著妳的手逛街，名字也是……就算兩個人獨處，現在的我也不能叫妳的名字。」

「……是嗎？」

「我會認真找出答案。在那之前，我不能說出口，也不能那麼做。」

真白難過似的低垂雙眼。

「空太。」

「什麼事？」

「我想待在空太身邊。」

「……」

「但是，跟空太在一起又覺得很痛苦。」

真白緊抓著胸口。

「……椎名。」

「今天也是，因為要跟空太在一起……所以做了很多準備，想了很多，希望可以很開心，可是卻不順利，連一半也沒做到，也沒能玩得很開心。」

「……」

「我好害怕。」

「……」

「我好害怕回櫻花莊。」

因為教育旅行結束之後，就再也沒辦法像以前一樣了……

不論是什麼樣的形式，唯獨這一點是事實。不但必須是事實，空太也得下定決心讓這件事成為事實。

「也許會變成我無法再繼續待在空太身邊了吧？」

「這個……」

「要是我待在你身邊，七海會怎麼辦？」

空太沒辦法回答。

他明白到幾乎感到痛楚的地步，沒有辦法同時讓兩人都露出笑容……

「我一定會開始討厭不再看著我的空太。」

「……」

「……跟想像的都不一樣。」

真白一點一滴吐露出的心情都哀傷地逼近空太。

「還以為會是更開心的事。」

「……」

「所謂戀愛真是痛苦呢。」

空太緊咬下唇強忍著，如果不這麼做就會哭出來，就會受現在這一瞬間情緒的影響而緊緊抱住真白……

「七海也是這種心情嗎？」

然而這樣的空太無法回答她。

6

教育旅行來到第三天，終究還是難以維持高亢的情緒，水高的學生們逐漸顯露出已經習慣或逐漸冷靜下來的心情。

順利結束上午的小組行動，用完中餐之後即刻搭乘巴士前往函館。是大約二百五十公里的長距離。

從小樽出發已經過了三小時，函館卻還在遠方。據巴士導遊小姐所說，似乎還要再花上約一個半小時的時間。

地方驚人的遼闊，不愧是北海道。

就連剛開始的一個小時還吵吵鬧鬧的車內氣氛，現在也沉靜下來。隨著太陽逐漸西下，學生們一個接一個進入夢鄉。

也許是因為大部分的學生都是在札幌、小樽連兩天幾乎都熬夜，也有完全沒了電力，睡到翻過去的傢伙。

坐在巴士中間的空太，前後傳來睡眠呼吸聲、打呼聲，甚至偶爾還聽得到夢話。大概是顧慮到這些人，傳來的說話聲全都是細微耳語。

雖然空太也好幾次試著入睡，但都以失敗收場。

都是坐在靠窗的隔壁座位……還敲著筆電鍵盤的龍之介害的。除了第一天，第二天晚上也一樣，空太的房間都在晚上十點就熄燈了。

空太也因為充足的睡眠，眼睛炯炯有神。

「不要沒事用不滿的眼神看著我。」

「我可是有事喔。」

龍之介跟空太說話的同時，視線依然盯著螢幕上的原始碼。不知道是不是正在除錯。

「就算有事，也不要用不滿的眼神看著我。」

「我該怎麼做才好？」

「我怎麼會知道？」

「……也是。」

與龍之介的對話就這樣結束了。「不要找我講話」的氣場實在太強，大概是不希望妨礙到他作業吧。

空太沒辦法，只好乖乖坐著。

「欸，神田同學。」

這時，隔著走道的隔壁座位傳來呼喚聲。

剛才為止還在睡覺的七海，不知什麼時候已經醒了，埋在座位上的右臉頰壓出紅色的印子。這一點還是不要說出來比較好。

「什麼事？」

空太配合周遭安靜的氣氛，輕聲問道。

「函館的夜景很讓人期待呢。」

巴士抵達的時候太陽也已經下山，應該正是看夜景的好時機。

「是啊。」

空太沒多說什麼，無意識地回應。

「神田同學，你好沒精神。」

「別跟美咲學姊說一樣的話。」

「……」

七海突然陷入沉默。

「青山？」

「你跟真白又發生什麼事了吧？」

「主題是這個啊？而且還是『又』……」

不過，這也是事實。

「我是真的很期待夜景。」

「這樣啊。」

「不嫌棄的話，我想跟你一起去看。」

「這倒是無所謂……」

已經不用繼續剛才的話題了嗎？

「你沒先跟真白約了嗎？」

「……」

跟真白之間的氣氛實在無法提出邀約。因為昨天的那件事，與真白的關係變得更麻煩了。

「果然是發生了什麼事。我聽說你們在飯店大廳吵架的傳聞喔。」

「該說是傳聞嗎……三分之二是真的，三分之一則不是。」

「哪些是真的？」

「飯店和大廳。」

「這種東西一般會分開算嗎……不過，沒有吵架嗎？」

「我認為不是吵架。」

只是真白單方面訴說不安。就是這麼回事。

「因為我的回應讓她等太久了。」

「被你這麼一說，我就不能繼續問下去了。」

空太正是明白這一點才故意說出口。

「欸，神田同學。」

「什麼事？」

「關於明天的事。」

教育旅行的最後一天。
「你安排自由時間的行程了嗎？」
「還沒。」
「可以考慮跟我一起嗎？」
「……」
空太無法立刻回答，一陣沉默。
「我可以考慮一下嗎？」
「嗯。」
「因為我答應過妳要找出答案……要在教育旅行結束前回答吧。」
「是啊。」
「我會好好找出答案的。仔細考慮之後……就像青山所說的，連那樣的未來也仔細想像，好好思考。我會認真考慮的。」
「謝謝你。」
「該道謝的人是我。」
「說得也是。」
七海說完輕輕笑了。空太無法得知她是以什麼樣的心情露出笑容。

「啊，你要吃這個嗎？」

七海從座位前的袋子裡拿出零食的盒子，遞了過來。盒子上寫著「北海道限定咬人熊～～白巧克力」。

空太拿了一個。是大吼威嚇的可愛熊造型。

放進嘴裡，香甜的味道一口氣散開。

「昨天晚上美咲學姊跑到我房間，丟了很多這個。」

實在是美咲的作風。

即使沒親眼見到，當時的景象也浮現在眼前。

空太覺得有趣而笑了，七海也同樣露出笑容。

一個半小時之後，巴士比預定晚了十分鐘抵達函館的飯店。將行李丟進房間，有點趕地開始晚餐時間。

用完餐後，空太等人再度搭上巴士，一路直奔函館山。

為了欣賞有名的函館夜景。

時間已經超過晚上八點。

順著山坡斜面上蜿蜒的道路，巴士車頭忽左忽右地晃著上山。

走到大約一半的路程，行進方向的右側座位傳來歡呼聲。從茂盛的樹叢間，似乎隱約看得到夜景。

可惜的是，從空太的位子看不到。夜景很快又被周圍的樹木遮蔽。

在這之後，巴士裡不斷傳來歡呼聲，大約重複了四次，終於抵達觀景台的停車場。

「好～～開始三十分鐘的自由活動～～」

伴隨著小春拉長的聲音，眾人下了巴士。

依照先前的約定，空太與七海一起走向觀景台的方向。

爬了幾階樓梯繼續往上走，眼前便沒有任何遮蔽物。

一股寒毛直豎的感覺從腳邊竄上來。雖然早就聽說很棒，但實際上比言語形容的更驚人。函館的夜景當前，空太起了雞皮疙瘩。

「好棒。」

無意識發出讚嘆。

閃閃發亮的街道。不，不覺得在看街景，而是一幅畫在伸出雙手到極限也碰觸不到的巨大畫布上最棒的作品，宛如在地面展開的星空。

到處傳出感動的聲音。

要是人再少一點就更棒了。似乎有其他學校教育旅行的學生也來了，因此觀景台上幾乎是人擠人的狀態。視野好的地方簡直就像在擠沙丁魚，完全動彈不得。

「青山，妳還好吧……」

空太在意後方而回過頭去。

然而在這個時間點，已經看不見七海的身影。

看了看四周卻沒找到人。站著不動會妨礙到其他人，空太沒辦法只好跟著人潮移動。

繼續往裡面走，就看到由下往上爬的纜車。隔著纜車月台的另一側也有個廣場，雖然比觀景台低一階，不過應該是能充分享受夜景的地點。

最重要的是，孤伶伶佇立在那裡的一名少女，讓空太決定到對面去。

他從過來這裡的路折返，回到停車場。繼續往裡側繞行前進，便來到纜車的另一側。

雖然不是很平坦，不過就如預期的能清楚看到夜景。

空太在意的少女也還在。

「椎名。」

手放在柵欄上的真白緩緩回過頭來。感覺以夜景作為背景的真白身影缺乏真實感，就像在看電影或小說中的風景一樣，讓人靜不下來。

「妳找到一個好地方呢。」

在這裡就能悠閒地欣賞夜景。

「嗯。」

輕輕點頭的真白，目光沒有從逐漸靠近的空太身上移開。

「明天就要回去了呢。」

「……是啊。」

空太與真白並肩站著，俯瞰函館的街道。上面的觀景台傳來興奮的歡呼聲。然而，這裡卻好安靜，周圍只有幾位像是一般觀光客的民眾。

「空太。」

「什麼事？」

「我明天想跟你在一起。」

「又要收集資料嗎？」

空太如此詢問掩飾緊張。

「不是。」

真白立刻回答。

「那麼……」

「因為喜歡空太，所以想在一起。」

直率地……真白只是直率地表達出心意。

「理由就只有這個。」

空太內心動搖，聽得到心跳聲撲通撲通，渾身顫抖著。

「不行嗎？」

「也不是不行……」

「那是為什麼？」

「青山也約了我，我請她等我回應。」

空太老實說出口。

「這樣啊……」

真白輕聲喃喃。

這時，外頭傳來其他聲音。

「可以啊。」

空太嚇了一跳回過頭去，七海就站在那裡。

「青山……」

「……」

「抱歉，因為看到神田同學往這邊過來……我跟著過來就聽到了。」

「那倒無所謂。」

七海彷彿要打斷空太困惑的聲音般說道：

「請神田同學選擇明天要跟誰一起度過。」

「……」

空太說不出話來，心臟被緊緊揪住一般。

「就這樣做個了結吧。」

「！」

「我或真白，神田同學就選吧。」

空太立刻理解她所說的並不只是明天的事。

七海所說的「了結」，正如同字面上的意思。

「我在函館車站等你。」

七海態度落落大方，其實內心忍受著各種不安。

「真白呢？」

「我……要在這裡等空太。」

「時間訂在上午十點可以嗎？」

「嗯。」

真白回應的同時點了點頭。

從住宿的飯店來看，函館車站與函館山剛好在相反的兩側。當然，空太不可能同時間出現在兩個地方，能選擇的只有一個人。

兩人凝視著空太。

輕輕深呼吸。

內心完全靜不下來。

「我知道了。」

即使如此，空太還是直視兩人的眼睛回答。

第四章 想傳達這份心意

1

在北海道迎接第三個晚上。

這也是最後一晚。

明天下午就要從函館機場起飛。然後，傍晚就會抵達羽田機場，夜晚將在櫻花莊度過。明天的這個時候，應該就在已經住慣的101號室床上睡覺。

空太躺在床上，心不在焉地想著這些事。

在昏暗的燈光下，茫然望著天花板的圖案。

明明已經關掉了，看來卻還在發光的日光燈真是不可思議。

躺在旁邊的伊織正緊抱枕頭熟睡。

在另外一張床上的是龍之介。

「欸，赤坂。」

雖然覺得他應該已經睡了，但空太想找人講話，便出聲叫他。

「你睡著了嗎？」

「睡著了。」

「你明明就還醒著。」

空太輕笑出聲。

「神田心神不定的氣息妨礙我的睡眠。」

「那真是抱歉。」

「真是的。你現在馬上出去，腦袋冷靜下來再回來。」

「說得也是，這樣可能比較好。」

空太照他所說坐起身。

「嗯～～」伊織發出嬌媚的聲音，不過沒有要醒來的跡象。

「那麼，我去去就回來。」

「問題還沒解決之前都別回來。真煩人。」

「我努力看看。」

空太如此說完便走出房間。

不愧是最後一個晚上，即使已經快要凌晨一點，大部分的房間都還燈火通明。門的縫隙間透出燈光。

即使隔著門也聽得到相當大的說話聲。似乎是大家都希望最後一夜能更漫長一點。

老師大概也明白這一點，今天的巡邏比較寬鬆。

總之，走廊上並沒看到巡房的教師。

空太輕易抵達電梯，按下按鈕，搭上抵達的電梯。

不自覺注意到「觀景休息廳」的介紹而受到吸引，按了最高樓層的按鈕。電梯發出嘶的聲音，逐漸往上爬。

抵達的鈴聲響起，電梯門完全打開之後，空太踏上最高樓層。

被男女大浴場包夾的地方，有個觀景休息廳。

正面是玻璃，可以眺望函館山。如果時間再早一些，說不定也能從這裡欣賞夜景。畢竟時間已經很晚了，街上的燈幾乎都關了，一片靜悄悄。

「就寢時間早就過了喔。」

「！」

旁邊突然傳出聲音，空太嚇了一大跳。

仔細一看，單手拿著啤酒的千尋正翹腳坐在像是樹皮編織而成的椅子上。

「老師。」

空太靠近後也在旁邊的椅子上坐下。

「幹嘛自動坐下來啊？」

「……我終於瞭解了。」

「幸福的祕訣嗎？那可務必告訴我啊。」

「是老師說的『會錯意』的意思。」

「是嗎？話說回來，你的表情比平常更無精打采呢。」

「就是因為明白了，所以只能露出這種表情。」

空太映在玻璃上的臉，現在也一副泫然欲泣的表情。

在他的旁邊，千尋一副嫌麻煩似的忍住呵欠。

「真是的……我不是一開始就告訴你答案了嗎？」

「咦？」

空太出聲的同時投以疑惑的視線。

千尋咕嚕喝著啤酒。

「我說過你正在煩惱三選一吧。」

「……」

「跟真白交往、跟青山交往，或者兩個都甩掉。」

「是的。」

那應該是被兩人告白當天晚上的事。

「要是神田沒那個意思，根本就不需要與青山交往這個選項吧。」

「那是……」

被這麼一說，似乎確實如此。

「你應該有辦法先說『對不起』吧。畢竟你也沒聰明到會因為覺得可惜而先保留起來。」

「……我也是會那麼狡猾的啊。」

空太沒自信能斬釘截鐵說自己沒有過那種想法。

「你沒辦法那麼做啦。最後就會被背叛青山的罪惡感壓垮，一定會先甩掉她的。」

「……」

雖然被說得這麼篤定實在不開心，然而似乎真的是這樣。因為自己並不擅長耍心機之類機伶的事。

「因為神田太死腦筋了。不過，青山也一樣就是了。」

「這不是在稱讚我吧？」

千尋沒有回答，反而問得更深入。

「你想獲得解脫？」

「要是有這樣的方法……」

「那就想成其中一個『喜歡』只是自己多心，然後否定它，當作沒發生過就好了。」

「……」

「聰明的大人啊，都是像這樣不去正視對自己不利的事實，不去面對會傷害自己的情感。只要當作一開始就不存在，痛楚就會消失不見。」

「……」

確實如此。之所以會這麼煩惱，正是因為試圖接受自己有兩種情愫，試著承認矛盾。

因此正如千尋所說，只要認定其中一個只是自己多心，一開始就不會有必須選擇哪邊的困難，也不會有非得甩掉其中一個的痛苦，也許空太的心情就能因此好轉。

只是，空太完全無法接受。不可能接受。

有個自我在內心深處吶喊著那樣是不行的。

「那種事……那種事怎麼可能辦到！」

空太彷彿從深淵擠出聲音，反駁千尋。

「為什麼？」

「在這裡的我的心情！才不能用多心或會錯意蒙混過去！」

果斷地說出口，情緒一下子爆發。

「這種心情是至今跟椎名還有青山一起度過，無可取代的時光所給我的東西！要是現在否定了這個心情，當作是自己多心，認定只是會錯意，那就等於把在櫻花莊度過的那段對我而言很珍貴的日子完全抹殺！就連與椎名或青山一起度過的快樂開心的記憶，就連吵架也是……對我來說都很珍貴……所以……所以……我絕對不能做出背棄這一切的事！」

對兩人的情感，並非這一兩天才開始萌生，是在櫻花莊共同度過並一起培育出來，累積了無數細微事物所誕生的東西。

經過不斷的累積，今天終於到來。經過不斷的累積，空太察覺了自己的情感。

所以不能否定現在。為了抵達今天，才有昨天、前天、一週前的那一天、一個月前的那一天，甚至一年前的那一天。

正因為明白這一點，空太才決定接受「喜歡兩個人」的矛盾的自己。覺得這樣的自己爛透了，還懷疑自己到底在想什麼，即便如此，總比逃避痛苦，只為了忘卻痛楚就把重要的回憶丟進水溝裡好。

總比背叛至今美麗的日子好。要毫無遺漏地帶著現在感受到的窒息感與痛楚……前往明天。

這就是空太在櫻花莊學到的。是在櫻花莊度過的日子，以及一起在櫻花莊生活的大家教會了自己這一點。

「竟然還自討苦吃，選了最辛苦的路啊？所以才說你太死腦筋了。」

「我知道。我知道自己很怪……竟然對椎名跟青山都有喜歡的感覺，到底是怎麼回事……我有毛病吧……」

「一點也不怪啊。」

「？」

「當然也沒有毛病。」

「可是！」

「你該不會還相信『世上只有一位獨一無二命中注定的對象』之類少女情懷的事吧？」

「……」

「人類啊，並沒有潔癖到只會喜歡一個人。」

「可是……」

「喜歡上某人的情愫不是可以高明地控制的東西，而能被控制的情感，也讓人難以相信是真的吧？」

「……」

「當然啦，隨著變成了大人，對這些事情也就能臉不紅氣不喘地扯謊。與某人的相遇、曾說過的話，甚至是得到的感情也全都丟棄，不願受到傷害而逃避。因為自己很清楚，要將兩個重要的東西放在天秤上做選擇，確實是很困難的事，所以一開始就先排序。不過，這意味著什麼？就像你剛才說的，這等於背棄了珍貴的回憶，也就是背叛與你有關的人們及對他們的感情。搞什麼啊，不過是區區神田，竟然瞭解得這麼清楚。」

「就算知道了，我又能怎麼做？」

「你之所以會被真白及青山吸引，只不過是因為她們都是好女人，表示你們共同度過了充實的時光，共同度過了沒有虛假、值得引以為傲的最棒的每一天。同時，彼此直率過頭地交流，雖然應該會有各種不同的形式，不過也難怪會產生感情了。在這樣的環境裡，要說什麼都沒感覺的傢伙才有問題吧。然後，產生的結果就是現在還有現在的你吧？沒錯吧？」

「沒錯……」

與真白跟七海之間的關係，造就了今天的空太。雖然不是全部，但兩人占了很大的位置，空太確實有這樣的自覺。

因為真白的存在，自己才能朝向目標踏出最開始的一步。

因為七海的存在，自己才能維持繼續努力的想法。

「大家都只是裝會而已，告訴自己只對一個人有興趣，然後繼續下去。並不是完全沒有情愫，並不是完全沒有情感的動搖，並不是不會萌生感情。如果是以能不能交往的次元來說，覺得『可以交往看看』的對象並不會只有一個人。變成大人之後更是如此。」

「……」

「你也是擁有這一面的其中一人，是個到處都有的高中生，不完美、有許多缺點，愚蠢又認真，是個無法放任流浪貓不管的濫好人，跟上井草感情很好，受三鷹疼愛，連跟赤坂都能處得很好，意外地還很會照顧新生……然後，只是一個喜歡上真白與青山的普通人。」

空太鼻子一酸，眼頭發熱。

「這個世界上才沒有什麼只有漂亮那一面的人，其實正好相反。」

「相反？」

「不曾失敗，也沒有煩惱或失誤的完美人類，一點也不有趣吧。我對那麼無聊的人沒興趣。所以啊，待在櫻花莊就完全不會覺得無聊。」

「老師……」

空太的視野立刻變模糊。

「你我都是，還有真白、青山、上井草、三鷹跟赤坂也是。就連姬宮跟長谷也一樣……都有很多缺點吧？不過啊，並沒有因為這樣就不好吧。」

「是啊……」

空太喜歡住在櫻花莊的人。雖然也許是問題學生，不過大家都很有活在當下的感覺。

「神田。」

「什麼事？」

空太帶著鼻音。

「一定就是因為這樣的你，真白跟青山才會被吸引。」

壓抑到極限的情感化成斗大的淚滴，從空太的眼睛滴落，逐漸沾濕膝蓋。

「別這樣，好像我在欺負你似的。」

「都是老師害的……」

「什麼？你有什麼不滿嗎？」

「不是……」

空太拚命擦眼淚卻完全來不及，淚水沒有要止住的跡象。

「不是的。因為老師說了這麼溫柔的話，所以很感動……」

「……那麼，我就順便再告訴你一件事。」

「……什麼事？」

空太吸著鼻水問道。

即使擦著淚水卻依然不斷滴落。

「你現在該做的事不是感到自卑，不是覺得自己很爛而意志消沉。」

「……」

「再次老實承認自己的感情，即使窩囊、老土、難看也無所謂，就算很差勁或很爛也沒關係。你已經決定好要面對自己的兩種情愫了吧？這樣的話，同時喜歡真白與青山也無所謂。只有現在，我准許你這麼做。」

「……是。」

「承認之後，知道自己該做什麼嗎？」

「是的。」

「說看看。」

空太咬緊牙根，拚命忍住嗚咽。

「我要自己決定。」

他只是直率地看著千尋的眼睛宣言。

「只有這樣？」

「決定了就不再猶豫！」

聲音有一半在喉嚨深處變調了。

「沒錯。不管如何痛苦、艱辛，甚至是煩惱得想吐，總之就是找出結論。真正難過的人並不是你。」

「是……」

因流淚而零零落落的回答，幾乎聽不出在說什麼。

「你喜歡真白的什麼地方？」

千尋的聲音好溫柔。

「專心朝目標前進……」

空太的聲音完全變調了。

「只有這樣？」

「總是筆直看著前方……」

「還有呢？」

「老是吃年輪蛋糕。」

「是啊。」

「明明一副易碎的樣子，卻超任性又頑固，只要不如自己的意就會生氣……那傢伙還會向我施加無言的壓力耶？」

一想到真白，空太自然露出笑容。是哭得髒兮兮的笑容。

「很快就成為漫畫家出道，還開始連載，一下子就跑到遙遠前方，讓我感到很痛苦，幾乎要討厭她了。明明幾乎就要討厭她了，卻不知道為什麼，包含這些在內，我對她……」

太過強烈的情感壓碎言語，空太已經什麼也說不出口。

「那麼，青山呢？」

千尋稍微停頓一下，如此問道。

「青山總是全力以赴……面對任何事都很認真……」

搞不清楚這是第幾次吸鼻涕了。語帶哽咽，狀況慘得幾乎連自己都聽不懂自己說的話。

「是啊。」

「雖然有些倔強……」

「不過，就是這樣才可愛吧。」

空太深深點了好幾次頭。

「跟她開玩笑就會馬上生氣……有時候覺得這樣很麻煩，她太過努力也讓人覺得很危險，雖然打算靠自己做好，不過總是讓人沒辦法放著她不管。真是奇怪呢。」

空太一笑，眼淚又掉了下來。

整張臉已經髒兮兮又黏答答。

「一焦躁或害羞就會冒出關西腔……還有，跟她約好要一起加油，這真的支持我能繼續努力！該說是心靈相通嗎？不光是口頭約定，總覺得能跟青山一起努力下去……還有就是很在意體重……可是前天又因為覺得優待券不用很浪費，所以竟然吃了兩支霜淇淋耶？這一點也很有女孩子的感覺，總之就是……」

情感……如此滿溢出來，無法全部化為言語……

毫無虛假的感情。

然而，心儀兩個人的事也得在今天做個了結。

明天，空太能夠待在身邊的只有一個人。

未來，空太能夠待在身邊的也只有一個人。

因為這世上並不存在讓所有人都幸福的魔法。

空太沒有這樣的能力。

如同千尋所說，空太不過是一名到處都有的高中生而已。光是自己的事就忙不過來了，沒有餘力再去緊握住誰的手。

因為自己已經成了承認這一點的大人。

已經無法回頭了，無法再回到天真無邪快樂的回憶裡。已經明白了……那段溫柔的時光，是為了迎接今天而存在的……是為了向嶄新的明天邁出腳步而存在的……空太已經深刻明白了。

所以他無法大叫也不能悲嘆，想起選擇了繼續前進的真白與七海，除了流淚還是只能流淚。

「老師……」

「好慘的臉。」

「……眼淚這東西還真是溫暖呢。」

空太吐露出心情之後，剩下這樣的心境。

一直以為眼淚是冰冷的，沒想到卻如此溫暖。空太感受得到眼淚是溫柔的東西。

「神田。」

「什麼事？」

「得好好感謝教會你這件事的兩個人。」

「……！」

回答已經無法化為言語，梗在喉嚨深處出不來，所以空太在千尋面前不斷點頭。

腦中同時浮現真白與七海的身影……

「真是的，搞得我都感傷起來了。」

千尋說著把臉別開。

看見她擦著眼睛，應該不是自己多心了。

空太回到房間時，電子時鐘顯示著凌晨兩點三分。

他躺在床上。

緩緩吐氣。

「欸，赤坂。」

「……」

沒有回應。

「你睡著了嗎？」

「睡著了。」

「你明明就還醒著吧。」

「什麼事？」

「我啊……」

輕輕閉上眼。

浮現在眼底的是一位少女的身影。

「我決定了。」

「……」

「決定好了。」

聲音融入夜的寂靜之中。

「是嗎？」

龍之介的反應一如往常冷淡。

但空太現在卻對此感到慶幸。

逐漸改變的事物。

不變的事物。

空太就存在當中。

「我決定了。」

之後，空太與龍之介便沒再交談。

2

早上起床，神清氣爽。

空太睜開眼，發現自己以規矩仰躺的姿勢睡著，視野所見是映出從窗簾縫隙照射進來的一縷光的天花板。

身體感覺緊張，不屬於焦躁或後悔，而是類似情緒高昂的感覺。

「伊織，天亮了喔。」

「親我我就起床～～」

伊織還說著駭人的夢話。

「好，你就這樣永遠安眠吧。」

空太放任睡昏頭的伊織不予理會。

龍之介側躺睡在隔壁的床上。

「赤坂，天亮了喔。」

「神田害我還沒睡足八個小時。」

他翻個身，以幾近趴睡的姿勢把臉埋進枕頭。纖細的身形及長髮，背影看來會讓人誤以為是女孩子。

「那你就慢慢睡吧。」

空太下床，在廁所洗完臉後出去吃早餐。

來到飯店二樓，進入餐廳。水高的學生們各自享用自助式早餐。

空太沒有與任何人交談，手拿拖盤，隨意放上白飯、味噌湯、炙燒花鯽魚和沙拉。接著，沒跟任何人對上目光，坐在角落的座位，一個人默默吃著早餐。

一口氣喝掉剩下的味噌湯，現在才發現海鮮高湯很提味。如果心還有餘力，也許就能更細細品味了。不過，現在這樣就好。

將用過的托盤與餐具放在回收窗口，空太以眼角餘光看著很開心似的享用餐點的水高學生們，離開了餐廳。

回到房間刷了牙，換好衣服後，將膨脹的四天三夜行李硬塞進包包裡。

看看時鐘。九點四十分。現在變成四十一分了。

留下還在睡的龍之介與伊織，空太走出房間。

飯店的大廳裡，可見三三兩兩正等著會合的水高學生。

「好慢喔！」一女學生斥責晚到的男學生，不過又立刻轉變為笑容，兩人一起出門了。青澀的反應，說不定是教育旅行中開始交往的情侶。

比這兩個人稍遲一些，空太也走過自動門。

上午清爽的空氣感覺很舒暢。

跨出腳步邁向目的地，莫名有種不協調的感覺，每一步的感覺極為鮮明而感到在意。連平常是怎麼走的都越來越不清楚，總覺得很不舒服。

即便如此，空太的步伐並沒有停下來。已經決定好不停下來了。

這是空太努力能做到的最大誠意。即使晚了、太遲了，還是要盡現在的全力去回應。空太想至少做到這一點。

離開飯店約十分鐘。

空太來到昨天約好的會合地點。

來到的地方是函館車站。

環顧寬敞的公車總站，在其中一角的導覽看板前，七海正微低頭站著等待。

空太一接近，七海似乎是察覺到腳步聲，甩著馬尾抬起頭來。

她的表情先是浮現驚訝。

接著像是感觸萬千，眼角淌著淚水。

然而，在她繼續凝視著空太同時，表情也暗了下來。

保持約兩公尺的距離，空太停下腳步。

「這樣啊？原來是這樣……」

七海露出放鬆的笑容。

空太看著她的表情，內心便開始糾結，但是不能在這裡別開視線。空太什麼都還沒傳達。

「我想……」

空太發出像是硬擠出來的聲音。

「我想，來這裡一定只是我的自我滿足而已。」

「……」

七海緊閉雙唇，目不轉睛地盯著空太。

「我也明白這樣只會讓青山更受傷而已。」

「……」

「雖然明白，但我還是覺得非這麼做不可。」

「為什麼？」

「對於青山對我表達的感情，我想確實回應。」

「……」

「把什麼都不說就當作是『抱歉』，回想起來會很不是滋味，也因為不想這樣，所以我來了。說到底也許全都是自以為是的任性而已。」

還有尚未整理好的情感。不過既然這樣，就把這些也包含在內，全部傳達給七海就好了。即使難看、狼狽也無所謂，因為這就是現在的空太。讓七海也看清楚就好了。

就像七海全盤托出，直率地告白一樣，空太也以全心全意回應就行了。

「我想了很多，還是不知道該怎麼做才是對的，現在也不確定這麼做好不好。雖然不確定，但唯獨這一點是確定的。」

「……」

「我……我要傷害青山了。為了確實傷害青山而來到這裡。」

幾乎要炸開來的鼓動，手輕撫著在心中叱責要它安靜一點。

「我、我……」

「嗯……」

「我喜歡椎名。」

「……」

「比任何人都喜歡椎名。」

空太渾身感到痛楚。用自己的話語傷害七海，自己又因為她的樣子而受傷。然而，空太不被允許把痛苦顯露在臉上，因為他早就知道現在難過、痛苦、悲傷得難以承受的人是七海，而不是自己。

「神田同學……」

七海緊咬牙根。

「什麼事？」

「再說一次。」

「……我喜歡椎名，比任何人都喜歡椎名。」

空太一字一句清楚重複著。

「再一次。」

七海如此說完，空太大大吸了一口氣。

「我最喜歡真白了！」

在函館車站前，空太的情感爆發，擴散到晴朗清澄的天空。

在這晴空下，七海眼中還淌著隨時就要滴落的淚水。然而，眼淚卻一滴也沒掉。七海反而吸了吸鼻涕，微微露出笑容。

「你搞錯說這些話的對象了。」

「……抱歉。」

空太想不出其他能說的話。

「啊～～」

「……」

「被甩了啊。」

七海沙啞的聲音投向天際。

「今天早上啊，美咲學姊跑來我的房間。」

「……」

「告訴我甄選的結果。」

「結果怎麼樣？」

即使不問也知道答案。

「她說我通過了。我通過了喔。」

淚水還在眼眶打轉，七海露出笑容。

「恭喜妳，青山。」

「嗯，多虧神田同學。」

「這是因為青山很努力，我什麼也沒做。」

空太打從心底這麼認為。這全都是七海努力得到的結果，空太幫上忙的部分就連百分之一也不到。

「不，雖然我很開心聽到你這麼說，但不是那樣的。當然我也很感謝你陪我做甄選練習……不過，不只是這樣……」

「……」

「我……」

「……」

「我啊……」

「……」

「因為喜歡上神田同學，才能一直努力到現在。」

七海露出溫柔的笑靨。空太緊咬嘴唇，如果不這麼做，情感就會潰堤。

「所以，一直以來很謝謝你。」

「……青山。」

「謝謝你給了我許多想要努力的心情。」

「……」

「未來就得靠自己一個人好好努力了。」

七海試著俏皮地微笑，然而卻失敗了。

她立刻微微仰頭，恢復原來的模樣。一定是因為如果不這麼做，眼淚就會奪眶而出。

「真白正在等你喔。」

七海發出平靜的聲音。

「嗯……」

「所以，趕快過去吧。」

聲音微弱地顫抖，七海拚了命壓抑。

「……」

「拜託你……快走吧！」

「青山。」

「不然，人家就沒辦法哭了。」

相對於說出口的話，七海露出笑容。

「我知道了。我走了。」

空太說完便轉身背對七海。

一股看不見的力量束縛身體。

好重。雙腳跟身體都好沉重。

即便如此，空太還是緩緩跨出腳步。

這時，後方傳來聲音。

「用跑的！」

清晰的吶喊聲。

彷彿被雷擊中的衝擊竄過全身。

「用跑的！神田空太！」

即使如此叫喊，一字一句仍清清楚楚。

這就是空太喜歡的七海的聲音。是她使出渾身力量的聲音。

空太用力踩著地面，開始奔跑。

沒有回頭，只是專心看著前方……

他義無反顧，拚了命直盯著聳立在眼前的函館山狂奔。

真白還在等待。

與前往早市的水高學生們錯身而過，大家都向全力衝刺的空太行注目禮。空太毫不在意地繼續狂奔。

經過飯店前，美咲、伊織與栞奈三人碰巧從電動門走了出來。他們雖然對空太說了些什麼，但空太沒有回應。

已經決定不回頭了，直線奔向真白。

一旦開始奔跑，感情也開始蠢蠢欲動。

總之，好想見她。好想見真白，現在立刻就想見她。

因為喜歡她。

因為比任何人都更喜歡她。

不論是虛幻飄渺的氛圍還是不服輸的個性，或是把麻煩事推給別人、把空太耍得團團轉、專心朝目標努力，甚至是以那身才能不自覺地傷害空太……

喜歡她很多地方。

也有很多討厭的地方。

不過正因如此，空太喜歡真白的全部。

總之，就是全部。

這些想著真白的情感填滿胸口。

沒有絲毫感到不安的空隙。

不知道自己是否配得上真白。

完全不考慮相配或適合與否的問題。

空太也完全與達成目標沾不上邊，甚至是好不容易才剛從起點跨步邁出而已。

因此，一定會有真白的才能當前，自己就被擊垮的瞬間吧？也會有開始討厭不斷前進的真白的時候吧？

不過，那樣也無所謂。只要未來也正視這樣的感情，一步步向前邁進就好了。

追逐真白的背影，直到某天能並肩站在她身邊之前都不放棄，即使每天只有一些些，只要不斷前進就好了。

因為不管有多窩囊、狼狽、難看、慘不忍睹，或者渾身泥濘，只要跨出腳步，身體就一定會前進……

心中存在這樣的念頭，未來也只要待在真白身邊就好了。只要在這樣的時光之中，與真白一步步成為戀人就好了。

當然會有因為不了解彼此的心情而再度吵架的時候，也會彼此傷害吧？不過，只要一件件去克服就好了。

與真白兩個人。

哭泣、歡笑、生氣……這些不斷的累積是珍貴的。在這當中，自己一定會越來越喜歡真白，比現在更喜歡。

所以，就是想見真白。

見到她，讓她知道自己所有的感情。

無論未來會遇到什麼，只要不忘記這份情愫就不會有問題。

與真白一起走下去。

想告訴她。想見到她然後告訴她。

空太接近纜車搭乘處時，腳步已經沉重不堪。

漫長的上坡。

越往上走，坡度越陡，相對於想積極向前的強烈意志，速度卻越來越慢。

「可惡！」

空太以意志力讓幾乎要不聽使喚的雙腿繼續前進。

抵達搭乘處，買了車票，搭上正好要發車的纜車。

對緩慢關上的門焦急不已。

開始上升的纜車速度雖然頗快，但在這無法靠自己加快腳步的密閉空間裡，對現在的空太而言是最大的壓力。

他彷彿被關在牢籠裡的動物般，在纜車內繞來繞去。

一抵達觀景台，門還沒完全打開空太就衝了出去。

操作纜車的大哥還唸了些什麼。

「對不起！我在趕時間！」

不過，空太如此說完便離開了。

在昨天的地方會合。比主要觀景台略低的廣場，纜車的另一側……

然而，空太搞錯出口，由觀景台這邊走出來。

看了時鐘，已經十點二十五分。

繞過停車場，衝向與真白約好的廣場。

彷彿關掉電源的電風扇，空太腳步的運轉速度逐漸慢了下來。接著在廣場中央完全停下來。

「不會吧……」

環顧四周，不見真白的身影，甚至連一個人也沒有。

空太拿出手機，撥打電話。

「……」

然而話筒那頭傳來的，只有無機的說話聲……

轉到語音信箱的那一瞬間，空太再度開始奔跑。

回到纜車搭乘處。

一看到剛才要空太留意的工作人員大哥，空太便一口氣問道：

「請問一下！剛才有沒有女高中生搭了纜車？是個肌膚白皙，像妖精一樣的女孩子！」

「咦？喔喔，是搭剛離開的纜車的女孩子嗎？」

工作人員即使感到困惑，還是指著逐漸遠去的纜車。

乘客有四、五人。空太很輕易就找到了。

背對著空太站著的，毫無疑問就是真白。不可能認錯。

「真白！」

空太幾乎要從搭乘處衝出去般聲嘶力竭。

「等一下！」

卻遭慌張的工作人員從背後架住制止。

「真白！」

纜車順暢地下山，很快便抵達山腳下的搭乘處。

空太現在就想追上去。

卻被告知下一班纜車十分鐘後出發。

等待的期間，空太也不斷打電話給真白。不過，她仍然沒接。

彷彿永遠的十分鐘終於過了。

空太立刻搭上纜車，到山腳下的搭乘處。

詢問售票處人員真白是往哪個方向離開之後，循線繼續狂奔起來。

這附近幾乎是上上下下的坡道，無法順利前進，實在令人焦急不已。

跑了大約三分鐘後，景色有了一些變化。這是充滿異國風情的平靜街道，感覺也有點像橫濱一角。

眼前可見許多教堂建築物。

現在也正要經過教堂。

就在這時，空太聽到似乎是參觀過教堂的其他學校教育旅行學生的交談聲……

「欸，你不覺得那個女孩子亂可愛的嗎？」

「是本地人嗎？」

「要不要去搭訕看看？」

「算了吧，一定有男朋友了啦。」

「也是～～百分之百不會把我們當一回事吧。」

原本還繼續奔跑的空太，腳步驟然停下來。

男學生集團背對空太，往函館車站的方向走下坡道，開始熱烈討論起毫不相關的電玩話題。

空太吞下梗在喉嚨的唾液。

不斷重複激烈的呼吸，仰望身旁的建築物。

古老的教堂。

門的旁邊還種了尚留有幾片花瓣的櫻花樹。

前天在真白的素描簿裡看到的畫掠過腦海。

有一張兩人站在教堂前的畫。

「拜託了。」

空太如此祈禱，踏入教堂腹地。

聽得見自己的心跳聲。

無視需要氧氣的身體，心跳猛烈加快。

在入口處脫鞋。

木製的門扉上鑲著金色的門把。

空太緩緩打開，踏進鋪木板的地板。

挑高的天花板，古老的味道搔著鼻子。不知從哪裡傳來的讚美歌讓靜謐的空氣更顯莊重，空太自然挺直背脊。

橫長並列的兩排椅子。

彷彿受到吸引一般，空太站在中央的通道上。視野那一頭……祭壇前，有個少女的背影。

從彩繪玻璃透進的溫柔陽光，彷彿面紗般從頭上罩下，真白靜靜獻上祈禱。究竟在祈求什麼呢？就連漫畫新人獎及第一次連載，她都不曾向上帝祈求……

她的身影有種神祕的氣息，彷彿現在就要消失一般。

「真白。」

呼喚她的同時，空太向前跨出一步，想要在她不見之前趕快抓住她，想用雙手擁抱她。

真白肩膀抖了一下，轉過來時還一副無法理解發生什麼事的樣子，露出茫然的神情。

「空太……？」

空太忍不住加快腳步。

「我喜歡真白！」

說完的同時，他幾乎已經是用跑的了。

「空太！」

真白也跑了起來。即使踩著不聽使喚的腳幾乎就要跌倒，仍然拚命奔跑。她朝空太跑了過來，為尋求空太而伸出雙手。

專心致志、筆直而義無反顧的身影……

「空太！」

最後倒在空太懷裡般撲了過來。

雖然空太一度接住了，不過膝蓋癱軟無力，就這樣被撲倒在教堂正中央。

真白還抱住空太頭部的雙手緊抱著不放，不過空太連一句牢騷也沒說出口。因為真白全身還因不安而顫抖個不停。

空太的雙手溫柔地環抱她的背，纖瘦的身軀彷彿用力抱緊就要折斷一般。即便如此，真白在懷裡的實感還是贏了。為了更確定這種感覺，空太不想讓她跑到其他地方，盡情地緊緊抱著她。

「我喜歡真白。」

他在耳邊傾訴著。

「嗯。」

真白點點頭，額頭在空太肩膀上磨蹭。

「我最喜歡真白了。」

「嗯。」

聲音含糊而聽不太清楚。

「抱歉，讓妳久等了。」

「沒關係。」

儘管如此，還是聽得出來已經帶著嗚咽的鼻音。

「真的很抱歉。」

「你來了就好了。」

真白正在哭泣。

「抱歉。」

讓她一直等到今天；今天讓她等這麼久；害她哭了——空太把這些全都融入言語之中。

「空太在就好了。」

「我喜歡真白。」

要是有其他能更正確傳達這份情感的話就好了。

「嗯……」

然而，空太卻什麼也想不出來。

「我最喜歡妳了。」

空太的喉嚨顫抖著。

「嗯……」

之後好一陣子，兩人沒有交談，只是擁抱著彼此確認心跳與體溫。現在正是這種心境，想一直這樣下去。

「欸，空太。」

過了一會兒，真白抬起頭來。

「嗯？」

「……」

卻沒再說什麼。

只用清澈透亮的眼眸凝視著仰望她的空太。

空太的手輕撫真白的臉頰，溫柔地幫她拭去淚水。

「我未來還會更喜歡真白喔。」

「我也是，空太。」

兩人說出誓言之後，嘴唇輕碰，無邪地輕輕一吻。

後記

教育旅行的最後一天。

如果是你——

一、到真白身邊。

二、到七海身邊。

面臨這樣的選項，你會選擇哪一個呢？

迎向一個大段落的櫻花莊的故事，預計再兩集就完結了。

期望有幸承蒙各位陪伴櫻花莊直到最後。

鴨志田一

Kadokawa Light Novels

夏日大作戰 OZ危機

Kadokawa Fantastic Novels

作者：土屋つかさ 原作：細田守 插畫：杉基イクラ 角色原案：貞本義行

一份檔案將對OZ帶來莫大危機——
佳主馬與KING KAZMA再度挺身而戰！

KING KAZMA在虛擬世界OZ與MAKI偶然相遇。MAKI的本尊真紀遭到不明男子們的襲擊，其目的是奪取真紀的哥哥所寄託的資料檔案。而這份檔案將會對OZ帶來莫大的危害！為了守護真紀與OZ，佳主馬和「KING KAZMA」再次挺身奮起而戰。

NT$200/HK$55

台湾角川

Kadokawa Light Novels

喪女會的不當日常 1 待續

Kadokawa Fantastic Novels

作者：海冬零兒　插畫：赤坂アカ

就算沒人愛，
還是可以改變世界。

「讓校園生活更加充實、脫離頹喪的善男信女協會　社」，簡稱「喪女會」，目的是歌頌青春！成員有青春傻大姊千種學姊、化學實驗狂繭、暴力女有理、重度百合雛子，以及偽娘花輪廻。直到遇見那名少女，輪廻才發現自己其實一直過著「不當」的日常——

台湾角川

NT$190/HK$50

©2012 Takeru Kasukabe, Yukiwo

Kadokawa Light Novels

我的腦內戀礙選項 1~2 待續

Kadokawa Fantastic Novels

作者：春日部タケル　插畫：ユキヲ

「五黑」VS「白名單」對抗賽掀起高潮！
日本動畫化企畫進行中！

我甘草奏的【絕對選項】是一種會突然出現腦中，不選就不消失的悲慘詛咒；害得我整天舉止怪異，被列為「五黑」之一。本集由「五黑」VS「白名單」的校園對抗賽掀起高潮！新角眾出、愛情成分激增（比起上集）的戀礙選項第二集開麥拉！

各 **NT$180/HK$50**

台湾角川

Kadokawa Light Novels

想變成宅女，就讓我當現充！ 1~3 待續

Kadokawa Fantastic Novels

作者：村上凛　插畫：あなぽん

參加阿宅的神聖祭典，
戀崎的同人誌購入任務啟動！

Cosplay活動之後，我與戀崎之間的氣氛不知為何變得十分尷尬。沒想到戀崎竟然說想買到鈴木想要的同人誌，所以要去夏COMI！她自己去肯定失敗的！可別小看了阿宅的祭典。沒辦法，就讓我來幫她吧。

台湾角川

各NT$180/HK$50

國家圖書館出版品預行編目資料

櫻花莊的寵物女孩 / 鴨志田一作； 一二三譯 . -- 初版 . -- 臺北市 : 臺灣國際角川 , 2010.09-
冊； 公分

譯自 : さくら荘のペットな彼女
ISBN 978-986-237-822-9(第 1 冊 : 平裝). --
ISBN 978-986-237-919-6(第 2 冊 : 平裝). --
ISBN 978-986-287-030-3(第 3 冊 : 平裝). --
ISBN 978-986-287-118-8(第 4 冊 : 平裝). --
ISBN 978-986-287-465-3(第 5 冊 : 平裝). --
ISBN 978-986-287-858-3(第 6 冊 : 平裝). --
ISBN 978-986-287-969-6(第 7 冊 : 平裝). --
ISBN 978-986-325-415-7(第 8 冊 : 平裝)

861.57 99014691

Kadokawa
Fantastic
Novels

櫻花莊的寵物女孩 8

（原著名：さくら荘のペットな彼女 8）

2013年9月11日 初版第1刷發行
2023年9月13日 初版第11刷發行

作者：鴨志田一
插畫：溝口ケージ
日版設計：T
譯者：一二三
發行人：岩崎剛人
總編輯：蔡佩芬
編輯：孫千棻
美術設計：吳佳昫
印務：李明修（主任）、張加恩（主任）、張凱棋
發行所：台灣角川股份有限公司
地址：104台北市中山區松江路223號3樓
電話：（02）2515-3000
傳真：（02）2515-0033
網址：www.kadokawa.com.tw
劃撥帳戶：台灣角川股份有限公司
劃撥帳號：19487412
法律顧問：有澤法律事務所
製版：巨茂科技印刷有限公司
ISBN：978-986-325-415-7